내가제일 잘나가는 재벌이다

봉황송 현대판타지 장편소설

내가 제일 잘나가는 재벌이다 18

초판 1쇄 발행 2025년 3월 24일

지은이 ㅣ 봉황송
발행인 ㅣ 최원영
편집장 ㅣ 이호준
편집디자인 ㅣ 박민솔
영업 ㅣ 김민원 조은걸

펴낸곳 ㅣ ㈜ 디앤씨미디어
등록 ㅣ 2002년 4월 25일 제20-260호
주소 ㅣ 서울시 구로구 디지털로32길 30 코오롱디지털타워빌란트 1301-1308호
전화 ㅣ 02-333-2513(대표)
팩시밀리 ㅣ 02-333-2514
E-mail ㅣ papy_dnc@dncmedia.co.kr
블로그 ㅣ blog.naver.com/gnpdl7

ISBN 979-11-364-6072-1 04810
ISBN 979-11-364-4879-8 (SET)

※ 저자와 협의하여 인지는 붙이지 않습니다.
※ 이 책은 ㈜디앤씨미디어(파피루스)가 저작권자와의 계약에 따라 발행한 것으로 본사와 저자의 허락 없이는 어떠한 형태나 수단으로도 내용을 이용할 수 없습니다.

내가 제일 잘 나가는 재벌이다 18

봉황송 현대판타지 장편소설

제1장. 고향 (2) ·· 7

제2장. 불협화음 ······································ 21

제3장. 한방 화장품 ································· 47

제4장. 새마을운동 ··································· 71

제5장. 새나라자동차 ····························· 117

제6장. 기술 제휴 ·································· 163

제7장. 배터리 ·· 199

제8장. 포항철강 ···································· 235

제9장. 산림녹화 ···································· 261

제10장. 파독광부 ································· 295

고향 (2)

 대한민국의 원 역사에 균열을 만드는 셈이었다.
 차준후가 변화를 일으킬 때마다 21세기 민주주의에 미세하게나마 조금씩 가까워졌다.
 민주주의 기반이 튼튼해지면 군사 정권이 마음대로 권력을 행사하지 못하게 되리라!
 21세기에 대한민국 군대가 쿠데타를 못 일으키는 이유이기도 했다.
 민주주의가 무르익으면 대학생들이 학생운동을 하지 않고 상아탑에서 열심히 학업에만 전념할 수 있다.
 물론 가야 할 길이 멀었다.
 그렇지만 천 리 길도 한 걸음부터인 법!
 차준후는 그 밑바닥이 다져질 수 있도록 많은 노력과

함께 천문학적인 자금을 투자하고 있었다.

"길게 이야기하지 않겠습니다. SF 학교에서 열심히 공부해서 대한민국에 보탬이 되는 든든한 동량이 되어 주세요. 그러면 하루라도 빨리 행복한 대한민국의 날이 찾아올 겁니다."

차준후는 간단하게 강연했다.

새로운 역사를 이끌어 나가는 건 그였지만 그 밑바탕에는 주변 사람들의 도움과 지원, 지지 등이 필요하였다. 코흘리개 아이들이 잘 배워서 대한민국의 민주주의를 꽃피우게 할 수도 있었다.

그러려면 아이들이 잘 배워야만 했다.

열심히 공부할 수 있도록 차준후는 학교로 올 때 가지고 온 선물들을 학생들에게 나눠 줬다. 책가방과 공책, 책받침, 연필 등 학용품들이었다.

학용품을 건네받은 아이들의 표정이 무척 해맑았다.

"좋은 강연을 해 주셔서 감사합니다, 차준후 대표님."

"교장선생님."

"네."

"학교에 수위가 필요하지 않나요?"

SF 학교를 개교하면서 근로자들이 필요했다.

"이제 구하려고 하는 중입니다."

"제가 사람을 추천해도 되겠습니까?"

"물론이지요. 대표님이 추천해 주는 인재라면 무조건 환영입니다."

학교 수위는 일하기 어렵지 않은 자리였다.

SF 재단 소속이기는 하지만 일자리에 대한 보수는 스카이 포레스트의 임금 정책을 따르고 있었다. 그렇기에 SF 학교에서 일하려고 하는 사람들이 엄청나게 많았다.

"아까 전에 제게 질문을 한 꼬마 아이의 아버지가 적당해 보이더군요."

"혹시 아는 분이십니까?"

"……그건 아니고요. 똘망똘망한 아이가 제대로 공부할 수 있는 환경을 만들어 주려고요. 집안 환경이 어려우면 공부에 집중하기 어려우니까요."

차준후가 적당한 핑계를 댔다.

연유를 자세히 설명할 수는 없었다.

미래에서 저분에게 은혜를 입어서 갚는 겁니다!

진실을 말하는 것보다 적당한 변명을 하는 것이 더욱 현실적이었다. 회귀 사실을 말하면 더 큰 혼란을 야기시킬 것이었다.

핑계가 조금 말이 안 되는 것처럼 보이기는 한데 괜찮았다. 그냥 그가 그렇다고 하면 그런 것이다. 높은 위치에 있다 보면 일일이 명확하게 설명할 필요가 없었다.

"알겠습니다."

약간 이상함을 느낀 황인성이지만 납득하고 넘어갔다.

이렇게 차준후는 실업자로 지내고 있던 고아원 원장님을 취직시켰다.

* * *

손정묵의 아버지, 손자춘이 조심스럽게 교장실로 들어섰다.

"안녕하십니까, 교장선생님."

"어서 오십시오, 아버님."

"제 아들이 많이 철이 없습니다. 제가 집에서 잘 교육을 시키겠습니다."

혹시라도 아까 운동장에서 아들이 차준후에게 당돌하게 질문한 것 때문에 불려 온 것이 아닌지 걱정하고 있었다.

"철이 없는 것이 아니라 호기심이 많은 거지요. 차준후 대표님도 아이가 무척이나 똑똑해 보인다고 칭찬을 하고 가셨습니다."

"그래요?"

"앞으로 공부를 잘 시키면 크게 될 거라는 덕담까지 하셨지요."

"정말 그렇게 되면 좋겠습니다."

"차준후 대표님의 혜안은 놀랍다고 합니다. 틀림없이 정묵이는 공부를 잘할 겁니다."
"감사합니다."
"차준후 대표님이 아버님에게 좋은 이야기를 하시고 떠나셨습니다."
"무슨 이야기입니까?"
"학교 수위 자리에 아버님을 추천하고 가셨습니다."
"네? 학교 수위요?"

손자춘은 황인성의 이야기를 듣고서 화들짝 놀랐다. 제대로 들은 게 맞는지 의심스러웠다.

임금도 복지도 무척이나 좋은 SF 학교에서 일하고 싶어 하는 사람은 너무나도 많았다. 그런데 지원조차 하지 않았던 자신에게 그 자리가 주어질 줄은 생각지도 못했다.

"생각 있으십니까? 아드님이 똘망똘망해서 아주 보기 좋았다면서 추천하셨습니다."

이런 추천 사유는 처음이었다.

말하는 황인성이나 듣는 손자춘이 황당한 느낌을 조금 받기도 했다. 그러나 이유야 어찌 됐든 좋은 일이었다.

"아, 그랬군요! 물론 저야 시켜만 주신다면 감사하죠!"

손자춘의 얼굴이 상기되었다.

벌이가 변변치 않은 탓에 외동아들을 학교에도 보내지 못했던 것이 그간 얼마나 마음이 아팠는지 모른다.

그런데 갑자기 아들이 학교에 다닐 수 있게 된 것뿐만 아니라, 자신에게도 일자리가 생기게 되었다. SF 학교가 집 근처에 세워지면서 좋은 일만 일어났다.

이제 먹고살고, 자식 교육을 시키는 데 걱정할 일이 없었다. 연이은 경사에 무척이나 기분이 좋았다.

"혹시 차준후 대표님과 아시는 사이신가요?"

황인성이 조심스럽게 물었다.

다시 한번 물어보는 이유는 차준후와 아는 사이라면 보다 신경을 쓰기 위함이었다.

"아니요. 전혀 모릅니다. 제가 어떻게 그렇게 잘나가는 분과 알겠습니까?"

"그렇군요."

아무래도 이상했지만 이 이상 황인성이 무언가 알 수 있는 방법은 없었다.

미래의 인연이 과거에서 발휘되고 있다는 걸 어찌 짐작이나 할 수 있을까.

"오늘 감사 기도를 드려야겠네요."

손자춘은 자신을 챙겨 준 차준후의 떠올리면서 교회로 가서 감사 기도를 올릴 생각이었다.

"그러시군요. 저도 함께 가겠습니다."

"차준후 대표의 은덕을 저만 누릴 수는 없는 노릇입니다. 수위로 일하면서 받는 돈으로 불우한 고아들을 돕겠습니다."

 손자춘은 집 없이 떠돌아다니는 고아들을 위해 발 벗고 나설 생각이었다. 평소에도 고아들을 보면서 안타까워했지만 가진 것이 없어서 어쩌지 못했다.

 그러나 이제는 자식 교육을 걱정하지 않고도 가정을 건사할 수 있는 위치에 올라섰다.

 이건 모두 차준후의 공덕이었다.

 홀로 이걸 차지한다는 건 차준후에게 예의가 아니었다.

 "좋은 생각이십니다. 저도 돕겠습니다."

 힘없고 가난한 고아들을 위해 헌신하겠다는 손자춘의 이야기에 황인성도 돕겠다고 나섰다.

 손자춘의 미래는 바뀌었지만 고아원 설립은 그대로 이어졌다. 다만 자식을 잃어버리고 슬퍼서 열었던 고아원이 아니라 행복하고 고마워서 개원한다는 사실이 달랐다.

* * *

즐거운 시간이었다.

 '갔다 오기를 잘했다.'

 차량 뒷좌석에 몸을 기대고 있는 차준후는 시원함을 느꼈다. 마음속 깊숙하게 박혀 있던 우울한 감정이 빠져나간 느낌이었다.

아주 절묘한 순간에 고향 방문이었다.

원장님과 손정묵의 인생에 크게 개입하여 미래를 개변할 수 있게 만들었다.

'원장님이 정말 행복한 웃음을 짓고 있었지. 그리고 아들인 손정묵도 좋아하고 있었고.'

행복하게 웃는 두 사람을 보면서 임준후로서의 아픈 기억과 추억들이 승화됐다. 그것은 메말랐던 그의 감정은 촉촉하게 만들어 주는 촉매제가 되어 갔다.

이름을 잃어버리고, 인연이 모두 끊긴 차준후에게 고향 방문은 많은 걸 느끼게 해 줬다. 완전히 다른 공간에 온 것만 같았는데, 마음을 충족시켜 주는 것이 있었다.

그렇지만 여전히 마음을 쓸쓸하게 하는 구석도 존재했다.

'다시 또 버려질까?'

차준후는 고아원에 버려지던 연도를 기억하고 있었다.

1975년.

그날 이곳에 다시금 임준후라는 갓난아이가 버려질지 의문이 들었다. 미래가 바뀌고 있었기에 이것이 어떻게 될지 예상하기 힘들었다.

두근두근!

가슴 아픈 일을 생각하자 절로 마음이 쓰라렸다.

그의 가장 큰 아픔이었다.

차준후가 깊은 사색에 빠져 있자, 운전기사가 차를 더욱 조심스럽게 몰았다.

묘한 침묵이 흘렀다.

모순적인 표현이지만 과거와 현실을 함께 살아가고 있는 차준후였다. 이것이 과거로 빙의한 차준후의 현실이다.

'이미 역사는 바뀌었다. 이제 내 미래도 어떻게 될지 모른다는 이야기지.'

이것저것 생각하다 보니 고민이 깊어질 수밖에 없었다.

"음악방송 라디오 좀 틀어 주세요."

"네, 알겠습니다."

운전석 옆에 타고 있던 경호원이 라디오를 조작했다.

차량에 잔잔한 음악이 흘러나왔다.

* * *

포드 차량이 용산 스카이 포레스트 본사에 도착했다.

차준후의 눈에 정문 앞에 옹기종기 모여 있는 사람들이 여럿 보였다. 십여 명의 사람이 경비원에게 뭐라고 이야기를 하고 있었고, 뭔가 뜻대로 되지 않았는지 어깨를 축 늘어뜨린 채로 물러났다.

"저들이 일본에서 온 사람들인가요?"

"그렇습니다. 미쓰비사 나가사키 조선소의 사람들입니다."

비서실에서 근무하고 있는 여성이 차준후의 물음에 답했다.

원래라면 실비아 디온이 차준후와 함께 움직여야겠지만 그녀는 너무 바빴다. 비공식적으로 스카이 포레스트의 이인자로 인정받고 있었기에 처리해야 하는 업무들이 엄청났다.

비서실의 핵심 업무는 스카이 포레스트의 본사와 계열사들의 업무를 들여다보고 조율하는 것이었다. 그리고 그렇게 파악한 내용을 정리하여 매일 차준후에게 보고했다.

막중한 역할을 하고 있는 비서실 덕분에 차준후가 여유롭고 편안하게 돌아다니는 것이 가능했다. 만약 비서실이 없었다면 발바닥에 불이 나도록 돌아다녀야 했을지도 몰랐다.

"아직 돌아가지 않은 모양이네요?"

며칠 전 관련한 내용을 비서실에게 전해 듣기는 했다.

그리고 곧바로 잊어버렸다. 애당초 일본의 전범 기업에서 온 관계자들을 만날 생각이 없었으니까.

그로부터 적잖은 날이 지났고, 당연히 돌아갔다고 생각했다. 설마 아직까지 남아 있을 줄은 몰랐다.

포기할 줄 모르는 끈기와 근성은 높이 평가할 만했다.

차준후는 열심히 일하는 사람을 싫어하지 않았다. 아니, 정확히는 좋아했다.

그러나 전범 기업의 인물에게까지 호의를 베풀 생각은 없었다.

"대표님, 미쓰비사 나가사키 조선소에서 준 사업 제안서를 검토해 봤는데, 현재 저희와 업무 협약을 맺은 다른 유럽 조선소들보다도 조건이 좋습니다."

"미쓰비사 나가사키 조선소의 제안이 얼마나 좋건 상관없습니다. 스카이 포레스트는 대한민국을 대표하는 기업입니다. 얼마나 이익이 되더라도 전범 기업과 거래를 할 생각은 없습니다."

차준후가 고개를 저었다.

이익이 아니라 어디까지나 마음이 우선이다.

마음이 불편해 가면서까지 사업을 하고 싶은 마음이 없었다. 대한민국의 역사에 이름을 깊숙하게 새기고 있는 스카이 포레스트였고, 대한민국의 일등기업이었기에 때로 고고할 필요가 있었다.

국민들의 자존심을 한껏 키워 줘야 하지 않겠는가.

"알겠습니다."

비서실 직원이 곧바로 이해했다.

차준후를 바라보는 그의 눈초리에 존경심이 가득 넘쳐

흘렀다.

 역시 차준후는 돈 때문에 사업하는 사람이 아니었다. 국민들의 마음을 살피고 신경 쓰는 아주 비단결처럼 고운 마음을 가진 착한 사람이었다.

 전범 기업은 절대로 스카이 포레스트와 사업을 함께할 수 없다는 사실을 비서실 직원이 깨달았다.

불협화음

"미쓰비사 나가사키 조선소 사업 제안서는 휴지통에 버리세요."
"알겠습니다."
포드 차량들이 언덕길을 올라 스카이 포레스트 본사에 가까워졌다. 스카이 포레스트의 정문에는 많은 차량들이 오가고 있었고, 사람들로 붐볐다.
활기찬 분위기였다.
"대표님이 들어오고 계십니다."
"정문을 활짝 열어."
경비원들이 바쁘게 움직였다.
스카이 포레스트의 대표!
차준후가 탑승한 차량은 한눈에 확 들어온다. 쉽게 볼

수 없는 포드 차량들이 앞뒤에서 호위를 하면서 한꺼번에 움직이기 때문이었다.

"아! 저 차량에 차준후 대표가 있다는 거잖아? 앞을 막아서서 만나자고 해 볼까?"

후쿠오 전무가 서행하고 있는 차량 앞으로 몸을 던지려고 했다. 그러면 한 번이라도 차준후와 이야기를 나눌 수 있다고 여겼다.

"안 됩니다. 큰일 납니다."

시마 부장이 만류했다.

돌아가는 분위기로 볼 때 스카이 포레스트는 미쓰비사와 협력할 의사가 없었다. 싫다는 사람에게 막무가내로 덤벼드는 건 도리어 상황을 악화시킬 수 있었다.

"……그렇겠지."

후쿠오가 순순히 받아들였다.

이제 그도 스카이 포레스트의 속내를 어느 정도 이해하고 있었다. 오랜 시간 동안 매달렸는데도 불구하고 스카이 포레스트의 관계자와 대면조차 하지 못했다.

약속을 잡지 않고 왔지만 이렇게 정성을 기울였으면 한 번쯤은 만나 줄 만도 하건만, 어떠한 대답조차 주지 않고 있었다.

이건 애당초 거래를 할 생각이 없다는 뜻이었다.

그들이 지켜보는 가운데, 포드 차량들이 정문 안으로

들어섰다.

"이제는 돌아가야 합니다."

"그래야겠어. 보아하니 스카이 포레스트와 사업을 함께하기란 어려워 보이는군. 고생했네."

"포기할 수는 없는 노릇이지요. 시간을 두고서 접근하면 답이 나오지 않겠습니까?"

"포기할 마음은 없어. 스카이 포레스트의 특허가 아니면 LNG 사업을 할 수가 없겠는가? 자체적으로 기술을 개발해 보자고. 기초과학이 발달한 우리나라라면 충분히 새로운 기술을 개발해 낼 수 있을 거야."

후쿠오는 새로운 길을 모색하고 있었다.

일본은 언제나 어려움을 뚫고 새로운 길을 만들어 내지 않았던가.

게다가 차준후가 발표한 특허는 힌트를 내준 것이나 다름없다. 차준후의 특허를 들여다보면 시간을 단축해서 더 좋은 기술을 만들어 낼 수도 있었다.

"그것도 한 방법이지요."

"그래. 돌아가서 스카이 포레스트가 우리 미쓰비사와 협력하지 않은 걸 후회하게 만들어 보자고."

후코오를 비롯한 일본인들이 힘을 냈다.

그들은 이대로 포기할 생각이 없었다.

기초과학에 막대한 자금을 투자하고 있는 일본 정부와

기업이었고, 이는 일본 소재와 부품, 장비들을 세계 최고 수준으로 끌어올리고 있었다.
그런데 그들은 알지 못했다.
차준후가 등록한 특허들이 21세기에도 활용되는 첨단 기술이라는 사실을 말이다. 한마디로 이후 수십 년간 개발되는 그 어떤 기술들보다도 첨단 기술이었다.
차준후와 협력하지 않고서는 일본이 LNG 산업에 발을 내딛기란 어려웠다. 일본의 LNG 산업의 앞날에는 가시밭길이 쫙 펼쳐져 있는 셈이었다.
스카이 포레스트와 일본과의 다툼 및 불협화음이 봉합되지 않고 조금씩 커져 갔다.

* * *

봄이 찾아왔다.
대한민국은 스카이 포레스트의 주도하에 경제개발을 가속화하고 있었다. 대한민국의 경제가 꿈틀거리고 있자, 미국이 적극적으로 개입하였다.
미국은 기간산업의 육성보다는 노동집약적인 소비재 중심의 경공업 발달과 수출 위주의 산업화를 권장했다.
세계 경제는 선진국들이 지배하는 수직적인 국제 분업 구조로 형성되어 있는데, 고부가가치의 산업은 미국을 비롯한 선진국들이 감당하고 가치가 낮은 노동집약적 사업은 개발도상국에 떠넘기는 것이었다.

하지만 박정하는 이것이 딱히 나쁘기만 한 제안은 아니라고 봤다.

어차피 이미 중공업 등 핵심 사업은 스카이 포레스트를 중심으로 진행 중에 있었고, 재원이 무한정한 것도 아니기에 경공업 분야도 키우려고 계획 중이었다.

이른바 투 트랙 전략이었다.

그렇기에 미국과 긴밀하게 지내고 싶어 하는 박정하는 오히려 잘된 일이라며 미국의 제안을 받아들였다.

스카이 포레스트의 발전과 함께 대한민국의 경제는 더욱 순탄하게 성장해 가고 있었다.

그러나 경제와 날씨가 따뜻하게 풀려 나가는 것과 달리, 대한민국의 정치권은 좀처럼 안정을 되찾지 못하며 혼란스러웠다.

군사정부가 권력을 공고히 하기 위해 움직일수록 이를 시대착오적인 행위라며 비난하는 이들도 늘어나기 시작했다. 군사정부와 민주주의를 갈망하는 세력 사이에 불협화음이 일어날 수밖에 없었다.

이 불협화음을 크게 만드는 건 바로 반공법이었다.

반공이라는 명분 아래 많은 국민들의 권리와 자유가 억압 및 탄압당하고 있는 실정이었다.

반공법은 야당과 학생, 언론인, 종교인 등 군사정부를 비판하고 부정하는 모든 사람을 탄압할 수 있는 법이었다.

무시무시한 반공법은 소급되어 적용되기도 했다.

단순히 술집에서 술을 먹다가 정부 정책을 비판한 사람이 처벌을 받는 경우도 있었다. 술집에서 마음 편하게 대화할 수 없는 세상이었다.

중앙정보부 요원들이 사회의 광범위한 영역에 걸쳐 퍼져서 감시의 눈길을 펼치고 있었다.

서울 동대문 경찰서.

경찰서가 오늘따라 시끄러웠다.

군사정부의 독재가 심각해질수록 이들에게 반감을 가지는 국민은 늘어났고, 특히 고등 교육을 받으며 생각의 저변이 넓어진 대학생들은 쿠데타로 정권을 차지한 군사정부에 엄청난 거부감을 가지고 있었다.

대학생들은 학교에 모여 군사정부에 대해 성토를 하고, 거리에 나가 시위를 벌이기도 했다.

그리고 그런 이들 중 몇몇이 중앙정보부와 경찰들에게 잡혀 왔다.

"부모님이 시골에서 힘들게 농사지어서 번 돈으로 대학교까지 보내 준 거잖아. 시위할 생각 말고 열심히 공부나 해. 학생은 열심히 공부하는 게 애국이야. 알겠어?"

동대문 경찰서에서 형사들이 대학생들을 취조하고 있었다.

"나라가 어렵고 힘든 이 시국에 시위를 해? 이 빨갱이 새끼!"

"이건 국가에 대한 반역이야. 너 같은 놈은 맞아야만 돼."

몇몇 형사들은 온건하게 학생들을 달래는 반면, 또 다른 형사들은 욕설이나 구타도 서슴지 않기도 했다. 아직 인권이라는 개념이 희미했던 이 시기엔 21세기에선 상상조차 할 수 없는 일들이 벌어졌다.

심지어 고문까지도 암암리에 벌어지고 있었다.

"네가 기숙하는 하숙집에서 불온서적을 찾아냈는데 계속 발뺌할 거야, 이 빨갱이 놈아?"

"전 불온서적을 본 적이 없습니다."

"그러면 내가 거짓말이라도 한다는 거야? 이렇게 떡하니 발견했는데 어디서 계속 발뺌이야!"

형사가 책 한 권을 흔들며 내보이더니 주먹으로 대학생의 가슴을 때렸다.

그러나 사실 형사의 말은 거짓이었다. 그가 내민 책은 중앙정보부가 격렬한 시위를 벌이는 대학생들을 구금시키기 위해 조작한 증거물이었다.

불협화음 〈29〉

이런 식으로 대학생들의 시위를 막기 위한 경찰과 중앙정보부의 조작이 곳곳에서 일어나고 있었다. 민주주의를 열망하는 순수한 대학생들이지만, 군사정부에게는 그들의 입지를 뒤흔드는 대단히 위험한 존재였다.

 그렇기에 군사정부는 싹이 자라기 전에 뿌리째 뽑기 위해 무리수를 둔 것이었다.

 "전원 밖으로 나가서 버스를 탄다."
 "어디로 끌고 가려는 겁니까? 남산으로 가는 건가요?"
 "왜? 남산은 무서운가 보지?"
 남산에는 그 악명 높은 중앙정보부가 위치해 있었다.
 "알고 가려는 겁니다."
 "신체검사를 받으러 가는 거다."
 "신체검사요?"
 "입영하려면 신체검사를 받아야지?"
 "네?"
 "군대에서 정신 차리고 나와라."

 시위를 주도하는 것으로 확인된 대학생들을 군대로 보내 버린다는 강경책을 택한 군사정부였다.

 서울 곳곳의 경찰서에서 대학생들을 태운 버스들이 출발하여 이내 제1 육군 병원에 도착했다. 그리고 병원에 도착하자마자 대학생들은 속속 신체검사를 치렀다.

 속전속결이었다.

의사들이 형식적으로 신체검사를 마쳤고, 병무청 직원들이 입영 대상자에게 징집 영장을 곧바로 발부했다.
"제대로 된 절차도 없이 이렇게 끌고 가는 건 불법입니다!"
"불법? 국민들의 불안을 조성하고 혼란을 초래하는 너희들의 시위야말로 불법이지. 감옥에서 썩는 것보단 군대에서 애국을 하는 게 너희들한테도 나을 거다."
"집에 연락만이라도 할 수 있게 해 주세요."
"집에 전화기도 있을 정도면 제법 잘사는가 본데, 그런 놈이 무슨 시위를 하고 그러냐? 그래, 전화 한 통 정도는 허락해 주마."
형사의 허락이 떨어지자 학생, 채무연이 전화기를 들어 올렸다.
그걸 옆에서 형사가 지켜보고 있었다.
"아버지, 저 군대에 갑니다. 징집 영장이 나왔어요."
- 군대? 갑자기?
"학교에서 다른 애들이랑 같이 시위를 하다가 경찰서에 잡혀갔어요. 그런데 경찰서에서 병원으로 끌고 오더니 신체검사를 하곤 바로 입대를 하라네요."
- 아이고. 가뜩이나 요즘 정국이 어지러운데 무슨 시위를 하겠다고 돌아다니는 거냐.
"죄송해요, 아버지. 저 곧바로 논산훈련소에 입소해야

한다고 하네요."

― 아무리 해도 이건 아니다. 기다려 봐라. 될지 모르겠지만 차준후 대표님에게 이야기를 해 보마.

"네? 차준후 대표님한테 이야기를 해 보신다고요?"

채무연의 아버지는 스카이 포레스트에서 근무를 하고 있었다. 집에 전화기를 둘 정도로 잘살게 된 것도 그 덕분이었다.

― 이렇게 부모와 친지에게 인사도 하지 못하고 입영하는 게 세상천지 어디에 있냐? 억울해서 이대로는 군대에 못 보내겠다.

"아버지."

― 거기서 기다리고 있거라.

아버지는 자식 얼굴도 보지 못하고 군대에 보낼 수 없었다.

군대에서 보내는 시간이 오죽 긴가.

1962년 이 당시 복무 기간은 육군 30개월, 해군과 공군은 무려 36개월이었다. 이따금 휴가를 나온다지만 최소 2년 6개월을 군대에서 지내게 되는 것이었다.

군대에 가는 건 국방의 의무이니 당연히 피해선 안 되지만, 오랫동안 뵙지 못할 집안 어른들에게 인사를 모두 다닌 후에 가는 것이 마땅했다.

"자, 잠깐만! 설마 스카이 포레스트의 차준후 대표? 차준후 대표한테 이야기를 해 본다니, 그게 무슨 소리야?"

옆에서 가만히 대화를 듣고 있던 형사의 얼굴이 일그러졌다.

도대체 여기서 왜 차준후의 이름이 나온단 말인가.

이번 경찰 조사부터 영장 발부까지 문제가 굉장히 많았다. 다른 사람이 이걸 문제 삼는다면 딱히 무서울 것도 없지만, 차준후라면 이야기가 달라졌다.

박정하 의장이 차준후를 매우 아끼고 신용한다는 건 익히 알려진 사실이었다. 만약 차준후가 현 상황을 문제 삼는다면 그 이야기가 박정하 의장에게까지 전해질 수 있었다.

그렇게 된다면 분명 누군가는 책임을 져야만 했다. 그리고 그것은 자신이 될 수도 있었다. 그는 그저 위에서 시키는 대로 행동했을 뿐이지만, 위에서 뒤집어씌운다면 그냥 당할 수밖에 없었다.

큰일이었다.

"뭐? 아버지가 스카이 포레스트에서 일하신다고?"

채무연에게 자세한 설명을 들은 형사의 얼굴은 더더욱 일그러졌다.

"젠장!"

형사가 욕설을 내뱉었다.

"김 형사."

"왜?"

"빨리 부장님에게 스카이 포레스트의 차준후 대표님이 올 수도 있다고 알려."

"무슨 소리야? 차준후 대표가 여기에 왜 와?"

"이 녀석 아버지가 스카이 포레스트 직원이야. 그 직원이 자식을 곧바로 군대에 보내는 것이 억울해서 대표에게 이야기한다고 하더라."

"젠장! 곧바로 가서 보고한다."

김 형사가 황급히 안쪽으로 내달렸다.

이제야 큰일이 벌어졌다는 걸 납득한 모양새였다.

학생들은 군대로 보내는 가볍고 단순한 일이었는데, 하필이면 스카이 포레스트와 연결이 되고 말았다.

사실 스카이 포레스트의 직원들이 많다 보니 언젠가 벌어질 수밖에 없는 일이기는 했다.

"괜찮을까?"

형사는 제발 아무 일 없이 지나가기를 빌었다.

그러나 생각과 달리 아무래도 일이 커질 것만 같았다.

"차준후 대표님이 온다고 한다."

결국 일이 커지고 말았다.

엄청난 힘을 가진 차준후가 직원의 하소연을 듣고 움직인 것이었다. 방문 소식을 전해 들은 제1 육군 병원의 병무청 직원과 형사, 군인 등이 바쁘게 움직이기 시작했다.

"깨끗하게 닦아."

"지금부터 학생들 때리지 마라. 큰일 난다."

"그럼요. 학생들을 때리면 되나요? 절대 때리지 않아요."

"제가 맞아서 가슴에 멍이 잔뜩 들었거든요."

"아이고, 학생! 부모님에게 전화하고 싶지?"

"됐거든요."

"그러지 말고 지금 전화해. 불편했던 과거를 훌훌 던져 버리고 앞으로 친하게 지내자고."

형사들이 때렸던 사실을 지워 버리려고 노력했다.

차준후에게 폭력적인 경찰로 찍혔다가는 경찰복을 벗어야 할 수도 있었다. 차준후에겐 그럴 수 있는 힘과 권력, 돈이 충분했다.

그리고 더욱 놀라운 소식이 전해졌다.

"박정하 의장님도 오신답니다."

"박정하 의장님은 왜 오신다는 겁니까? 우연인가요?"

"당연히 우연이 아니지요. 박정하 의장님은 차준후 대표님의 방문 소식을 듣고 곧바로 움직이신 겁니다."

"단순히 그 이유 때문인가요?"

"박정하 의장님은 이렇게라도 차준후 대표를 만나고 싶어 하십니다. 좀처럼 만날 수 없으니 의장님의 입장에서는 선택지가 무척 적은 편이지요."

차준후와 만날 때마다 많은 걸 얻고, 또 기뻐하는 박정하였다.
　박정하는 미국에 다녀오고 난 뒤 차준후와 만나지 못했다. 차준후와 여러 사안에 대해 의견을 나누고, 또 친밀하게 지내고 싶어 만남을 청했지만 매번 거절당하고 말았다.
　그렇지만 박정하는 포기하지 않았고, 결국 만남을 억지로라도 성사시키려고 노력했다. 험난하다고 해도 일단 만나는 게 중요했다.
　대한민국을 이끌어 가는 두 사람의 방문 소식으로 인해 제1 육군 병원이 미칠 듯이 바쁘게 돌아갔다.

　　　　　　　＊　＊　＊

　끼이익!
　박정하를 태운 지프 차량이 제1 육군 병원 앞에서 멈췄다. 빠르게 내달려서 차준후와 거의 동시에 도착할 수 있었다.
　박정하가 보고 있는 앞에서 차준후가 차량에서 경호원의 호위를 받으면서 내리고 있었다.
　"이렇게 만나는군요, 차준후 대표."
　"의장님, 여기에는 어쩐 일이십니까?"

"차준후 대표가 온다고 해서 번개처럼 달려왔지요."

박정하가 당당하게 밝혔다.

"빨리 오시다가 사고라도 나면 어쩌시려고요. 조심하셔야지요."

차준후가 속으로는 참으로 노력한다고 여겼다.

대한민국을 들었다 놨다 하는 권력자가 자신 때문에 달려왔다고 하니 살짝 어이가 없기도 했다.

"마음이 급했습니다. 미국에 다녀오고 나서 차준후 대표와 나누고 싶은 말이 참으로 많습니다."

박정하는 작년 말에 미국의 젊은 대통령의 초대를 받아 미국을 다녀왔다. 미 정부에게 들었던 경제 원조와 대한민국 산업 발전 등에 대해 차준후와 한시라도 빨리 대화를 나눠 보고 싶었다.

"그러셨군요. 어떻게든 시간을 내 보려고 했는데 너무 바빴습니다."

말과는 달리 딱히 시간을 빼 보려고 하지 않았던 차주준후였다.

그리고 그런 사실을 박정하도 잘 알았다.

그렇지만 절대 내색하지 않았다. 밝혀서 좋을 게 하나도 없었기 때문이었다.

"미국에서 펼치고 있는 스카이 포레스트의 사업이 엄청나더군요."

"현재 미국에서 진행하고 사업으로 벌어들이는 돈이 대한민국에 투자되고 있습니다."

"질책하고자 말한 게 아닙니다. 오히려 아주 잘해 주고 계신다는 뜻이었습니다. 미국 대통령도 스카이 포레스트를 대단히 칭찬하더군요. 언제 한번 차준후 대표를 만나고 싶다는 이야기도 했습니다."

"관련해서는 전해 듣기는 했습니다만, 좀처럼 시간을 내지 못해서 찾아뵙지 못하고 있습니다."

차준후는 미 정부로부터 미국 대통령이 대담을 원한다는 연락을 전해 받기는 했지만 만나지 않고 있었다.

그가 내년에 암살을 당한다는 사실을 모른 척하기로 마음먹은 탓에, 차마 그와 대면할 수 없었기 때문이다.

'미국 대통령은 세계를 좌지우지할 정도의 권력자야. 그런 사람의 미래를 바꾼다면 미래는 엄청나게 바뀔 게 틀림없어.'

이미 역사에 개입하기로 마음먹은 차준후라지만, 미국 대통령의 미래를 바꾸는 건 그가 감당할 수 없는 수준까지 미래가 바뀔 수도 있었다.

그래서 미 정부의 꾸준한 요청에도 만남을 외면하고 있었다.

한 사람의 죽음을 외면한다는 것이 마음이 심히 불편했지만, 그를 살리면서 만들어질 수도 있는 파장을 생각하면 감히 끼어들 수가 없었다.
"역시 그럴 줄 알았습니다."
"무슨 뜻입니까?"
"차준후 대표라면 미국 대통령이라 할지라도 일이 우선일 줄 알았다는 의미입니다."

박정하는 미국 대통령이라 할지라도 차준후를 원할 때 만나지 못한다는 사실에 흐뭇한 웃음을 지었다.

미국 대통령이 누구인가.

세계 권력의 최고 정점을 차지하고 있는 권력자였다.

그런데 그런 권력자의 요구를 당당하게 거절하고 있는 차준후라니. 참으로 볼 때마다 마음에 쏙 들었다.

"정말 바쁩니다."
"알고 있지요. 대한민국에서 가장 바쁜 사업가가 바로 차준후 대표죠. 그런데 여기에는 무슨 일로 오셨습니까?"
"제 직원의 아들이 잡혀 왔다고 하더라고요."
"저런. 여기에서 이러지 말고 안으로 들어가서 이야기합시다."

박정하가 차준후와 함께 움직였다.

이미 제1 육군 병원의 로비에는 병원 관계자들과 병무청 직원, 군인, 경찰 등이 쭉 도열해 있었다. 그들은 박정하와 차준후가 이야기를 나누고 있기에 인사도 하지 못하고 멀뚱멀뚱 서 있어야만 했다.

"의장님, 오셨습니까! 제1 육군 병원장 유철중이라고 합니다."

"아! 반갑습니다. 여기 옆에 있는 사람은 차준후 대표입니다."

"구면이지요, 차준후 대표."

"오래만입니다, 의사 선생님."

"아는 사이입니까?"

박정하가 웃으면서 인사하는 차준후와 유철중을 보면서 의아해하였다.

"제 목숨을 살려 주신 은인이십니다."

"아!"

박정하는 차준후가 교통사고를 당해 사경을 헤맨 적이 있다는 사실을 떠올렸다.

제1 육군 병원에서 차준후의 수술을 펼쳤고, 그 수술 집도의가 바로 유철중이었다. 뛰어난 의술을 지닌 유철중은 빠르게 승진하였고, 병원장의 자리에 올라섰다.

물론 이 과정에서 차준후의 은밀한 도움이 있기도 했다. 차준후는 명절 때마다 유철중의 집안에 선물을 보내고 있었고, 군사정부에서는 이런 유철중을 중하게 여겼다.

"갑자기 두 분이 방문한다고 해서 깜짝 놀랐습니다."

유철중은 차준후를 환영하는 한편, 박정하의 등장에 크

게 긴장했다.

그는 빠르게 승진해서 병원장이 되긴 했지만, 언제든 군사정부의 뜻에 의해 옷을 벗을 수도 있는 입장이었다.

"제 직원의 아들이 갑자기 이곳으로 끌려와 군대에 간다고 해서 찾아왔습니다. 무슨 영장이 발부되자마자 갑자기 입대를 하는 겁니까?"

차준후가 방문 이유를 밝혔다.

아무리 생각해도 이건 아니었다.

설령 잘못을 했다고 하더라도 최소한의 인권을 보장해 줘야만 했다. 군대로 짐승처럼 끌려가는 건 용납할 수 없었다.

"헉!"

"큰일이다."

"난리 났다."

여기저기에서 아우성이 터져 나왔다.

설마 차준후가 박정하의 앞에서 다짜고짜 이렇게 나올 줄은 예상치 못한 그들이었다.

그러나 차준후는 원래 박정하의 앞에서도 쓴소리를 거침없이 해 왔다. 심지어 그 쓴소리가 박정하에게 향하기도 했다.

"정숙하십시오."

박정하의 수행원 가운데 한 명이 소란을 잠재웠다.

로비가 조용해지자 다시 차준후가 말을 이었다.

"오죽하면 제가 여기까지 왔겠습니까. 대한민국 남자라면 군대는 가야겠지만, 그래도 영장을 발부하자마자 입대를 하는 건 너무하지 않습니까."

"음! 내가 생각해도 이건 과한 것 같군요."

박정하는 대학생들의 시위를 막으라는 지시만 내렸을 뿐, 이후 아래에서 어떤 식으로 조치하는지까진 파악하지 못하고 있었다.

이번 사태는 박정하의 명령을 수행하는 이들이 충성심에 과도하게 행동한 결과였다.

물론 박정하는 이 사실을 알게 되었어도 별다른 생각이 들지 않았지만, 차준후가 마음에 들어 하지 않는 눈치였기에 곧바로 대안을 제시했다.

"입영까지 열흘 정도 여유를 주면 괜찮겠지요?"

"예. 그 정도면 충분히 가족, 친구들과 작별의 시간을 가질 수 있을 겁니다."

솔직히 말해 열흘 만에 갑자기 입대를 한다는 것도 터무니없었지만, 이 정도도 박정하가 충분히 배려해 주었다는 사실을 알았기에 받아들였다.

"이봐!"

"네."

"입영까지 열흘의 여유를 줘. 장차 대한민국을 이끌 대학생들인데 너무 각박하게 대해선 안 되지."

"하지만 그렇게 하면 학생들이 달아날 수도 있습니다."

"그러면 앞으로 모든 사람을 이런 식으로 입대시킬 생각인가? 왜 이 학생들만 도망칠 거라 생각하고 예외를 두는 거지? 말도 안 되는 소리 하지 말고 시키는 대로 해."

"알겠습니다."

박정하의 싸늘한 목소리에 이번 사태의 책임자는 곧바로 고개를 숙인 채 받아들였다.

상황이 정리된 듯하자 차준후가 앞으로 나섰다.

"여기 제 회사 직원의 아들이 있는데, 이만 집으로 돌려보내도 괜찮겠습니까?"

"물론이지요. 다른 학생들도 모두 집으로 돌려보내려고 했습니다."

"배려해 주셔서 감사합니다."

"빨리 처리해."

"알겠습니다, 의장님."

담당자가 곧바로 움직였다.

"열흘 뒤에 징집 영장에 명시된 훈련소로 모이도록! 징집에 응하지 않고 도망가면 탈영병이 되니까 꼭 모여야만 한다."

"와아아!"

"집에 간다!"

한쪽에서 신체검사를 받고서 군인과 경찰 등에게 둘러싸여 있던 대학생들에게서 환호성이 터져 나왔다.

불협화음이 있었지만 그래도 집에 간다는 건 좋은 일이었다. 열흘이라는 시간은 대학생들을 위로해 줬고, 덕분에 그 불협화음이 조금이나마 완화됐다.

"차준후 대표님, 감사합니다."

"덕분에 집에 가서 인사하고 군대에 갈 수 있게 됐습니다."

"여자 친구에게 인사할 시간이 생겨서 너무 좋습니다."

대학생들이 우르르 몰려나와 차준후에게 고마움을 표시했다.

그들도 눈과 귀가 있었다.

바쁘게 움직이던 군인과 경찰들이 차준후의 등장 소식을 듣고 난리법석을 피웠던 걸 전해 들었다. 이번에 열흘이라는 시간을 가질 수 있게 된 건 모두 차준후 덕분이었다.

"열흘밖에 없습니다. 빨리 돌아가서 부모님과 친구들에게 시간을 보내세요."

차준후가 웃으면서 말했다.

수많은 대학생이 제1 육군 병원을 빠르게 빠져나갔다. 빠져나가는 학생들 가운데 호리호리한 체구의 한 대학생이 차준후에게 다가서고 있었다.

그 얼굴이 이번에 차준후에게 아들이 제1 육군 병원으로 끌려갔다며 도움을 줄 수 없는지 부탁을 한 직원과 무척이나 흡사했다.

한방 화장품

"대표님 덕분에 아버지에게 인사를 드리러 갈 수 있게 됐습니다. 정말 감사합니다."

"채무연 학생?"

"제가 채무연입니다."

"아버지가 걱정이 많아요. 집에 곧바로 가보세요."

"네, 대표님."

채무연이 허리를 숙여 인사한 뒤 멀어졌다.

"여기서 이럴 게 아니라 위에 올라가서 이야기를 나누시죠. 요즘 저도 아이스 아메리카노를 마시고 있습니다. 차준후 대표님의 입맛에 맞는지 한번 시음해 보세요."

원하는 걸 모두 얻은 차준후에게 유철중이 말을 걸었다.

"그러시죠."

차준후가 받아들였다.

"흠! 제 음료도 있겠지요?"

박정하가 슬며시 끼어들었다.

차준후와의 만남을 이대로 그칠 수는 없는 노릇이었다. 미친 듯이 달려온 보람을 찾아야만 했다.

"물론입니다. 의장님도 가시지요."

유철중이 두 사람과 함께 움직였다.

"병원을 운영하시는 데 어려움은 없으십니까? 필요한 의료 기기가 있다면 얼마든지 말씀 주세요."

"필요한 의료 기기는 많지요."

"제가 SF 병원 개원을 하면서 미국의 첨단 의료 기기들을 들여올 계획입니다. 수입하는 김에 제1 육군 병원에도 같은 의료 기기를 기증하겠습니다."

제1 육군 병원은 차준후의 목숨을 살려 준 병원이었다.

시간의 흐름과 함께 민간 병원에게 높은 위상을 빼앗기지만 아직까지는 제1 육군 병원이 최고였다. 그리고 이번 차준후의 첨단 의료 기기 기증으로 그 명성이 더욱 오래가게 될 것이 확실했다.

"정말 고마운 일입니다. 미국 첨단 의료 기기를 활용하면 아파서 오는 군인들을 더욱 잘 치료할 수 있겠네요."

병원에서 첨단 의료 기기의 중요성은 무척이나 컸다. 좋은 의료 기기가 있다면 당연히 환자들을 더욱 잘 치료

할 수 있었다.

뜻밖의 행운을 얻은 유철중이 활짝 웃으며 차준후에게 고개 숙였다.

　　　　　＊　＊　＊

"안녕하세요, 준후 아저씨."
"잘 지냈니?"
차준후가 오대양에 와 있었다.

중저가 화장품들을 판매하고 있는 오대양은 확장에 확장을 거듭하고 있었다. 스카이 포레스트를 제외하면 국내 화장품 시장에서 가장 선명한 발자취를 남기며 성장하는 중이었다.

최빈국인 대한민국에서 중저가 화장품은 소비자들에게 충분히 매력적이었다. 지갑이 얇은 소비자들은 오대양 화장품을 선호했다.

"아저씨 때문에 놀 시간이 많이 부족해요."

볼을 잔뜩 부풀린 서운배가 차준후에게 원망스러운 눈길을 보냈다.

서환성은 차준후와의 만남 이후 아이들의 교육에 더욱 열성으로 변했고, 과외 선생님까지 고용해 교육을 시켰다.

그리고 특히 장남보다 차남인 서운배의 교육에 적극적으로 개입했는데, 차준후가 서운배를 보며 똘똘해서 미래가 기대된다며 지나가듯 했던 말 한마디 때문이었다.

"이제 국민학교 2학년이겠구나."

"네."

"네가 우수한 재능을 가지고 있으니까 부모님이 각별히 신경을 쓰는 거란다. 모자라면 열심히 공부를 시키지도 않았겠지."

"정말요?"

"물론이지."

차준후가 듣기 좋게 이야기해 줬다.

사실 대부분의 부모는 자식이 재능이 어떻든 훗날 잘되길 바라는 마음으로 과도한 교육을 시키고는 한다.

그런 경향은 있는 집일수록 더했고, 서환성 또한 자식 교육에 돈을 아낄 것 같지는 않았다.

하지만 그런 사실을 아직 초등학생에 불과한 어린애에게 곧이곧대로 말해 줄 필요는 없었다.

"헤헤헤! 제가 똑똑하긴 해요. 반에서 성적도 1등이거든요."

처음에는 아빠가 시켜서 억지로 공부를 시작했지만, 하다 보니 나름 배워 가는 재미가 있었다. 그렇게 어느 순간 스스로도 공부에 빠져 있다 보니, 반에서 1등이 되었다.

"전교에서는?"

"전교에서는 7등이에요."

"더 열심히 하면 전교 1등도 할 수 있겠네. 넌 아직 최선을 다한 것이 아니잖아? 그리고 네 재능은 아직 완전히 꽃을 피우지 않았어."

차준후는 이 작은 꼬맹이와 대화하는 것이 나름 재미있었다.

어떻게 보면 이 시대에 그와 가장 인연이 깊다고 할 수도 있었다. 회귀를 하게 된 것이 바로 서운배의 자식의 살인 청부로 인해서였으니까.

복수 대상의 아버지인 것이다.

복잡한 감정은 들었지만 그렇다고 자식의 죄를 부모에게 전가할 수는 없었으며, 또한 아직 국민학생에 불과하고 아무것도 저지르지 않은 서운배에게 책임을 지라고 할 수도 없는 일이었다.

'세월이 흐르면 직접 본부장을 대면할 수 있을까?'

줄기세포 기능성 화장품을 둘러싸고 벌어진 본부장과의 문제는 차준후에게 많은 생각을 하게 만들었다.

많은 세월이 흘러야지만 알 수 있는 일이었다.

"제가 전교 1등을 할 수 있을까요?"

"학교 선생님들에게 과외를 받고 있는데, 어렵지 않은 일이지. 전교 1등을 찍으면 선생님과 아이들이 너를 바라보는 눈빛이 달라질 거다."

21세기에는 불가능한 일이지만 1960년대에는 학교 선생님들이 과외를 하고 있었다.

부유층과 권력자들은 학교 선생님들을 집으로 불러서 자식 교육에 힘을 쏟았다. 시험 문제를 출제하는 학교 선생님들의 과외를 받게 되면 당연히 성적이 올랐다.

이렇게 과외를 받고도 전교 1등에 오르지 못하면 그것도 나름 문제였다.

"준후 아저씨처럼요?"

서운배는 차준후를 존경하고 있었다.

대한민국에서 가장 잘나가는 사업가라면 단연코 차준후였다. 아이들이 꿈꾸고 있는 미래상들 가운데 차준후에 대한 선호도가 가장 높았다.

"열심히 노력하면 가능성이야 있지."

"열심히 해서 전교 1등을 찍어 볼게요."

"자! 이건 전교 1등에 올라서겠다고 말한 것이 기특해서 주는 용돈이야."

"감사합니다."

서운배가 활짝 웃으며 배꼽인사를 올렸다. 예쁘고 노력하는 아이였다.

"쑥쑥 자라서 나라의 동량이 되어라."

"네."

차준후가 노리는 것은 서운배의 미래를 밝은 방향으로 비트는 것!

적의를 드러내면서 망가뜨리지 않고 더욱 잘살게 만들려고 했다. 그래서 그의 결혼 상대가 바뀌고, 본부장이 세상에 나오지 않았으면 했다.

원 역사대로 흘러서 복수 대상인 본부장이 나온다면 어떻게 행동할지 차준후 스스로도 예측할 수 없었으니까.

"준후 아저씨! 저 친구들이랑 만나기로 했는데 나가 봐도 되나요?"

"내가 너무 붙잡고 있었구나. 미안하다."

차준후에게 서운배를 놔줬다.

"다음에 뵐게요, 준후 아저씨."

서운배가 잰걸음으로 밖으로 뛰쳐나갔다.

차준후와 이야기를 나누는 것보다 친구들과 뛰어노는 것이 더욱 즐거운 서운배였다. 대한민국에서 가장 잘나가는 차준후가 아니라 또래 친구들과 놀 때가 더욱 재미있었다.

"신경 써 줘서 감사합니다."

지켜보고 있던 서환성이 고마움을 전했다.

친자식처럼 알뜰하게 챙겨 주는 차준후의 언행을 지켜보고 있자니 절로 고개가 숙여졌다. 바쁜 차준후에게 이런 덕담을 들을 수 있는 아이는 대한민국에 서운배를 제외하면 있지도 않았다.

"자꾸 기대가 되어서 만날 때마다 잔소리가 늘어나네요."

"잔소리라니요. 좋은 덕담을 해 주시면서 운배의 지도 편달을 잘 부탁드리겠습니다."

"그렇게 말씀해 주셔서 고맙습니다. 요즘 새로운 화장품을 개발하시고 있다고요?"

"인삼 성분이 들어간 화장품을 개발하고 있습니다. 국내에서만 통하는 화장품이 아니라 해외에서도 충분히 먹힐 수 있는 고급스러운 화장품을 출시하고 싶습니다."

서환성이 욕심을 드러냈다.

국내에서 중저가 시장에서 명성을 높이고 있는 오대양 화장품이지만, 해외 시장에서의 경쟁력은 무척이나 약했다.

"해외 시장을 노리는 겁니까?"

"그렇습니다. 서양인들이 좋아하는 대한민국 상품 가운데 하나가 바로 인삼입니다. 인삼 성분이 들어간 화장품을 출시하면 충분히 승산이 있다고 봅니다."

서환성은 해외 화장품들과 당당하게 경쟁해서 승리하고 싶었다. 언제까지나 중저가 화장품 시장에 머물고 싶지 않았다.

고급스러운 화장품을 만들어서 수출해야 오대양의 앞

날이 밝았다.

그리고 그러한 꿈을 갖게 된 것은 바로 차준후와 스카이 포레스트 덕분이었다. 스카이 포레스트가 먼저 대한민국의 화장품이 세계에서 충분히 먹힐 수 있다는 걸 보여 주었기에 이런 꿈을 가질 수 있게 되었다.

그동안 오대양은 스카이 포레스트의 많은 영향과 혜택을 받고 있었다.

일례로 해외에서 들어온 외국인들이 오대양의 화장품들도 잔뜩 구입하고 있었다. 저렴한 가격과 나쁘지 않은 품질을 인정받는 오대양 화장품은 친구와 가족들에게 선물하기 좋았다.

"인삼 성분 화장품을 만들려면 적잖은 시간과 노력이 필요할 텐데요."

"천천히 단계를 쌓아 가면 결실을 볼 수 있지 않겠습니까?"

서환성은 급하게 세계 시장 진출을 노리지 않았다. 차준후처럼 천재가 아니었기에 10년, 아니면 20년의 세월을 투자할 계획이었다.

"제 평생의 꿈은 스카이 포레스트처럼 프랑스에서 화장품 회사를 운영하는 것입니다. 그걸 위해서 프랑스를 다녀오기도 했습니다."

서환성은 천천히 자신의 꿈을 이루기 위해서 노력하고

있었다.

'음! 역시 역사대로 흘러가는 부분이 있어.'

차준후는 인삼 성분 화장품과 프랑스 진출에 대한 이야기를 들으면서 오대양의 발자취를 떠올렸다.

차준후로 인해 뒤틀리기는 했지만 서환성은 자서전에서 봤던 것과 똑같은 의지를 내보였다. 자서전의 내용을 똑똑히 기억하고 있는 차준후였다.

"도와드릴 일이 많겠네요. 유럽 지사를 프랑스에 만들면서 직원들이 상당히 고생을 많이 했다고 들었습니다. 오대양이 시행착오를 겪지 않도록 돕겠습니다."

프랑스에 유럽 지사를 만들면서 스카이 포레스트는 많은 시행착오를 겪었다.

꼼꼼하게 준비하기는 했지만 대한민국과 프랑스는 문화적으로 차이가 많았다. 이런 부분은 쉽게 해결하기 어려운 부분이 있었다.

사실 유럽에도 실업자들이 많아서 취업 비자를 내는 일부터 쉽지 않았다. 한국인이 1명 입국하면 프랑스인 20명을 고용하라는 게 프랑스 정부의 방침이었다.

또한 관공서의 행정 업무는 무척이나 느렸다. 대한민국처럼 빨리빨리 해결하지 않았다.

관공서에 제출한 서류에 허가가 떨어지지 않으면 공사를 진행할 수도 없었다. 스카이 포레스트는 유럽 지사를 만들면서 상당한 고생을 해야만 했다.

이런 고생을 통해 얻은 지식은 돈을 주고도 얻기 어려웠다.

"부탁드리고 싶었는데 염치가 없어서 먼저 말을 꺼내지 못했습니다."

"돕고 살아야지요."

차준후는 적극적으로 오대양의 성장을 돕기로 했다. 은혜를 갚는 동시에 오대양의 성장은 국내 화장품 시장의 확대에 있어 유익한 일이기도 했다.

방관하면?

이제 막 기반을 쌓아 가는 오대양이 위험해 보였다.

프랑스 진출을 위해서는 막대한 자금이 필요했고, 한 번 허우적거리는 것만으로도 회사가 휘청일 수 있었다. 국내에서 번 것을 프랑스에서 모두 날려 버릴 수도 있었다.

원 역사에서도 오대양은 프랑스에 진출하면서 큰 시련을 겪었고, 실패를 인정하고 물러났다. 이 과정에서 본 손해가 결코 작지 않았다.

화장품 기업이 프랑스에서 자리를 잡는다는 건 무척이나 힘든 일이었다.

"그런데 어떻게 인삼을 떠올리신 겁니까?"

"제가 개성을 고향으로 두고 있습니다. 개성은 인삼의

고장이기도 하지요."

 인삼이 잔뜩 심어져 있는 개성에서 유년기를 보낸 서환성이었다.

 고려인삼을 해외에 알리도록 결정적인 역할을 한 것이 바로 개성 상인이었고, 서환성의 뿌리는 개성 상인에 있었다.

 그리고 서환성은 그러한 사실에 자부심을 가졌다.

 "인삼 성분들 가운데 일부는 화장품으로 사용하기에 적절하지요. 그렇지만 약성에 대한 연구가 아직 제대로 되어 있지 않아서 문제일 겁니다."

 차준후가 인삼 성분 화장품의 문제를 지적했다.

 "연구원들도 그 점을 염려하고 있더군요."

 인삼 성분을 어떻게 활용해서 화장품을 만들어야 할지 아무도 걸은 적이 없는 길이기에 자료가 없었다.

 한마디로 인삼 성분 화장품을 만든다는 건 가시밭길이라는 이야기였다.

 "인삼의 성분은 미용에 있어 분명히 효과가 있습니다. 우리 조상님들이 그런 사실을 직접 보여 주셨지요. 다만 그걸 화장품 소비자들에게 알리려면 과학적인 연구가 필요합니다."

 "인삼의 샅샅이 살펴보면서 추출물들의 효능을 연구할 생각입니다."

서환성은 대한민국에 뚜렷한 족적을 남긴 인삼으로 오대양을 새롭게 도약시키려고 하였다.

 "다만 인삼 특유의 냄새는 동양인이라면 좋아할 수도 있겠지만, 서양인들에게는 불쾌감을 줄 겁니다. 냄새 제거에 대해서 주의하세요. 그리고 피부에 발랐을 때의 자극도 신경 쓰시고요."

 차준후가 조언을 해 줬다. 짧은 시간에 많은 성과를 올릴 수 있도록.

 이 모든 건 오대양이 먼저 걸어갔던 길이었다.

 오랜 세월 쌓아 올려진 오대양의 지식들이 시간을 뛰어넘어 서환성에게 전해졌다. 긴 시간 연구에 연구를 거듭해 가면서 얻어야 할 것을 차준후의 조언 덕분에 빠르게 결심을 맺을 수 있게 됐다.

 "아, 잠시만요! 방금 대표님이 하신 이야기를 적겠습니다."

 서환성이 급하게 수첩과 볼펜을 가지고 와서 방금 들었던 이야기를 적어 넣었다.

 사실 인삼에서 미용 효과가 있는 성분을 추출해서 화장품을 만들겠다는 포부를 내비쳤지만 어디서부터 시작해야 할지 감을 잡지 못했다.

 그런데 차준후의 이야기를 들으면서 곧바로 어떻게 연구해야 하는지 알아차렸다.

"인삼에는 사포닌이라는 성분이 있습니다."
"사포닌이요?
"인삼의 잎과 꽃에서 사포닌이라는 성분을 추출할 수 있을 겁니다. 피부 노화를 막아 주는 항산화 성분이죠."
"아, 그렇군요!"
"단, 사포닌 추출물을 정제해서 사용하셔야 합니다."
"정제하지 않으면 인삼 특유의 향과 자극이 남아 있기 때문이군요."
"맞습니다. 정제에만 성공하시면 세계 최초로 인삼의 사포닌 추출물을 원료로 한 화장품을 출시하실 수 있을 겁니다."

차준후가 서환성의 의견에 힘을 실어 줬다.

"대표님께서 그렇게 말씀해 주시니 힘이 나네요. 솔직히 제가 무모한 꿈을 꾸는 건가 조금 걱정하고 있었습니다. 회사 연구원들은 인삼 화장품에 대해 회의적이었거든요."

그동안 워낙 반대가 많은 탓에 자신 있게 사업을 진행하지 못하고 있었다. 그러나 차준후 덕분에 서환성은 자신의 생각이 틀리지 않았다는 믿음을 가질 수 있게 됐다.

"대표님의 조언 덕분에 쉽게 성공할 수 있다는 자신감이 듭니다. 지금 들은 이야기만 연구원들에게 전하면 반대가 눈 녹듯이 사라질 겁니다."

"인삼을 활용한 한방 화장품은 획기적인 만큼 크나큰 반향을 일으킬 겁니다. 하지만 그건 첫 단계일 뿐이죠. 인삼뿐만 아니라 다양한 재료를 활용해 한방 화장품을 연이어 출시한다면 오대양만의 입지를 다질 수 있을 겁니다."

"한방 화장품이요?"

"당귀, 치자, 감초산 등 여러 한방 약초들에서 효능 물질을 추출하여 한방 화장품을 만들 수 있습니다. 서양과 동양에서 모두 좋은 반응을 불러일으킬 겁니다."

"한방 화장품이라…… 전 단순히 인삼만 생각했는데, 대표님의 생각은 정말 대단합니다."

들을수록 심장이 마구 뛰는 서환성이었다.

그저 인삼으로 화장품을 만들겠다고 가볍게 접근했다. 그런데 점점 상황이 커져만 갔다.

만약 다른 사람이 이런 이야기를 했다면 허무맹랑하다고 치부하고 넘어갔을지도 몰랐다.

그런데 바로 차준후가 잘될 거라고 말하고 있었다. 그가 내뱉은 말들은 하나같이 현실에서 이뤄졌다.

이번에도 그럴 것이라고 서환성은 굳게 믿었다.

"흠! 생각하다 보니 한방으로까지 이어지더군요."

차준후가 겸연쩍어했다.

오대양의 발자취를 그대로 이야기했을 뿐인데, 서환성

이 존경 어린 눈빛을 마구 뿜어냈다. 얼굴이 달아오르는 차준후였다.

"인삼 한방 화장품의 상품명으로 생각해 두신 게 있으십니까?"

"차준후 대표님께서 정해 주시겠습니까?"

"사장님께서 이미 마음속에 상품명을 정해 두고 계신 것 같은데요."

"……화설이라고 생각하고 있습니다. 피부에 아름다운 꽃의 눈을 피우겠다는 의미입니다."

"멋진 이름입니다."

차준후는 역사와 똑같은 이름을 들었다.

서환성은 뚝심으로 한방 화장품을 밀어붙였고, 연구를 시작한 지 40년 가까운 세월이 흐른 뒤에 한방 화장품의 진수라 불리는 화설수를 탄생시킨다.

강산이 네 번이나 바뀌는 40년이라는 세월 동안 오대양은 한방 화장품을 연구했고, 그 열정과 연구 결과는 오대양을 크게 성장시켰다.

* * *

스카이 포레스트의 용산 연구소에는 300여 평 규모의 효소 공장이 별도로 마련되어 있었다.

차준후는 일찌감치 효소 연구가 중요하다고 판단했고, 모준민을 초빙하였다. 그리고 계속해서 효소 관련 연구원들을 끌어모았다.

"대표님, 정말 오랜만입니다."

모준민이 차준후를 보면서 크게 반겼다.

스카이 포레스트 효소 연구소는 연구원들에게 천국이나 다름없었다.

대한민국 어느 연구소에서도 찾아보기 힘든 첨단 장비와 풍족한 연구비, 그리고 환상적인 복지 혜택까지 어느 것 하나 부족함이 없었다.

그런데 심지어 차준후는 이러한 지원을 해 주면서도 이들의 연구에 별다른 관여를 하지 않았다. 연구원들에게 있어 그 어떤 지원보다도 자유롭게 연구를 할 수 있다는 점은 크게 매력적이었다.

"잘 지냈습니까?"

오대양에 들렀다가 효소 연구소를 방문한 차준후였다.

효소 연구소는 오대양이 앞으로 연구해야 할 한방 화장품과 무척이나 겹치는 연구 방향이 많았다.

지금은 그 영광을 스카이 포레스트에게 빼앗겼지만 실제로 오대양은 효소 연구소를 설립하고 많은 자금과 인력을 투자하였다.

효소 연구소는 오대양 화장품 연구와 개발에 있어 핵심

적인 역할을 하였다. 지금은 없지만 앞으로 오대양에도 효소 연구소가 설립될 가능성이 높았다.

"너무 잘 지내고 있습니다."

"요즘은 무슨 연구를 하고 있습니까?"

"단백질 분해 효소 연구, 모발 계통의 원료 효소 연구, 여드름 분해 효소 연구, 아미노산 계통의 효소 연구 등을 다양하면서 심층적으로 하고 있습니다. 가장 앞서 나가는 건 여드름 분해 효소 연구입니다. 아직까지 부족한 점이 있지만 조만간 새로운 여드름 화장품에 적용할 수 있는 효소를 만들어 낼 수 있을 것 같습니다."

모준민이 효소 연구소에서 하고 있는 연구에 대해서 상세하게 밝혔다.

효소 연구소는 많은 지원을 받고 있음에도 불구하고 아직 뚜렷한 성과를 내지 못했다. 이런 사실에 그를 비롯한 효소 연구원들은 차마 얼굴을 들고 다니지 못했다.

"너무 조급해하지 마세요. 아무리 돈이 많이 들고, 시간이 오래 걸리더라도 다른 어느 기업에서도 해내지 못한 성과를 이루어 내는 것이 중요합니다."

평소 빨리빨리를 선호하는 차준후였지만, 연구에 있어서는 빠른 것보다 내용이 중요하다고 여겼다. 오히려 시간이 오래 걸리더라도 제대로 된 성과를 내는 것이 더 의미 있다고 생각했다.

"대표님의 말씀처럼 부단하게 노력해서 다른 누구도 발견해 내지 못한 놀라운 효소를 찾아내겠습니다."

많은 지원에도 불구하고 지금껏 뚜렷한 성과를 내지 못했음에도 아무런 질책도 없는 차준후의 모습에, 모준민은 도리어 각오를 불태웠다.

여드름 분해 효소의 마지막 연구 과정이 얼마 남지 않았다. 조금이라도 빨리 차준후에게 기쁜 소식을 전하고 싶었다.

그건 그뿐만 아니라 다른 연구원들도 모두 같은 마음이었다.

"연구에 부족한 점은 없습니까?"

"여기서 부족하다고 말하면 도둑놈이지요."

"음. 제 눈에는 아쉬운 점이 있네요."

"예? 대표님께서 보시기엔 어느 부분이 아쉽게 느껴지시는 겁니까?"

"연구원들 가운데 미국으로 유학을 갈 분들을 선정해 주세요."

"미국 유학이요?"

"효소 연구의 발전을 위해서는 미생물학의 발전도 무척이나 중요합니다. 그리고 미국은 미생물학의 연구가 굉장히 발달한 나라죠."

차준후는 미국과 긴밀한 협조를 벌이고 있었다.

미국의 유명 대학교 미생물학 교수들과 스카이 포레스트가 연결되어 있었고, 협조를 구해 뒀다. 국내 효소 연구원들을 보내서 미국의 선진화된 미생물학을 전수받기로 해 둔 상태였다.

"간단한 정보 교류입니까?"

"미국에서 체류하면서 정식 교육을 받는 겁니다. 수박 겉핥기가 아니라 제대로 배워야지요. 1년 과정입니다."

차준후는 스카이 포레스트의 효소 연구소를 세계 최고 수준으로 끌어올리려 하고 있었다. 그러기 위해서는 연구원들의 수준이 높아져야만 했다.

"헉! 1년 동안 배울 수 있다고요? 정말 꿈만 같은 이야기네요."

정말 환상적인 제안이었다.

미생물학계에서 앞서 나가는 국가는 미국, 일본, 독일 등이었다. 가까운 일본의 미생물학계에는 세계적으로 유명한 학자들이 많았다.

그러나 대한민국과 일본은 아직 국교 정상화가 되지 않았다. 그리고 스카이 포레스트는 일본과 거리를 두고 있었기에, 차준후는 일본이 아닌 미국을 선택했다.

원 역사에서 오대양은 일본으로 연구원들을 보냈다.

"모준민 연구원이 미국으로 유학 갈 사람들을 뽑아 보세요."

"제가요?"

"모준민 연구원이 미국 유학팀의 팀장입니다. 자세한 내용은 서류로 전달될 겁니다."

차준후가 모준민에게 팀장 자리를 줬다. 서류에는 미국 유학에 대한 지침과 상세한 상황 등이 설명되어 있었다.

"실력 있는 연구원들을 뽑겠습니다."

"그래도 되고요. 마음에 맞는 연구원들과 함께 가셔도 됩니다."

효소 연구소에 있는 연구원들은 모두 실력이 있는 사람들이었다. 비슷한 연구 실력을 지니고 있기에 이역만리 타국에 가서 서로 마음이 맞는 것도 중요했다. 싫은 사람이 있으면 불편하지 않겠는가.

차준후는 스카이 포레스트의 창립 초기부터 일해 준 모준민에게 지원을 아끼지 않았다.

당시 이제 막 설립된 스카이 포레스트에 입사하려는 인재들은 무척이나 적었다. 뛰어난 인재였기에 다른 곳에 갈 수 있었음에도 스카이 포레스트를 택해 준 모준민에게 이러한 혜택은 당연했다.

"갈 때 가더라도 여드름 분해 효소에 대한 연구는 끝내 놓고 가겠습니다."

모준민은 성과를 만들어 놓고 미국 유학길에 오르기로 결심했다.

이렇게 대우를 받는데 뭔가 만들어야 하지 않겠는가. 이건 그의 자존심이자 차준후의 배려에 대한 대답이었다. 무작정 그냥 받기만 할 수는 없는 노릇이었다.

"그러면 좋지요."

차준후는 모준민의 마음을 이해했다.

새마을운동

연구원이라면 마땅히 모준민처럼 행동해야만 한다.

연구에 전념하고, 그 결과물을 세상에 내놓는다. 그리고 그 결과물에 대한 판단을 기대 어린 마음으로 기다린다.

연구 결과가 좋게 나오는 것이 연구원들에게 가장 보람 있는 일이었다.

"하루라도 빨리 보여 드리겠습니다."

"특허 등록을 곧바로 할 수 있게 미리 법무팀에게 이야기를 해 놓을게요."

"특허요?"

"기대하세요. 제대로 된 연구 결과를 만들어 내면 특허 지분과 로열티, 성과급에 대해서 결코 실망하지 않을 겁니다."

 차준후는 실력과 의욕이 대단한 연구원들의 결과물을 날름 삼켜 버리려고 하지 않았다. 연구에 따른 적당한 대가를 지급할 작정이었다.

 대한민국의 이공계가 발달할 수 있도록 환경을 만드는 것이었다.

 연구원들이 연구에만 전념할 수 있는 환경!

 지금까지 어렵게 고생고생해서 만들어 낸 세계를 뒤흔들 만한 연구 결과를 내놓더라도 정작 연구원은 쥐꼬리만한 돈만 손에 쥐는 경우도 일상다반사였다.

 심지어 아무것도 받지 못하는 경우도 허다했다.

 차준후는 이런 환경이 대한민국의 이공계 발전을 막아 왔다고 생각했다. 이런 잘못된 관행은 뿌리 뽑아야만 한다고 여겼다.

 "저희들을 배려해 주셔서 정말 감사합니다."

 모준민의 눈시울이 붉어졌다.

 "배려가 아니라 당연한 조치입니다. 연구원들의 성가를 기업이 모조리 빼앗는 건 잘못된 관행입니다. 고쳐 나가야지요."

 차준후는 잘못된 관행을 고수하는 기업들과는 협조를 하지 않거나 줄여 나갈 계획이었다. 그리고 특허를 빼앗겼다고 느끼는 특급 인재들을 헤드 헌팅할 작정이었다.

여러 가지 방법으로 압박하면 기업들도 새롭게 거듭나리라!

대한민국의 기술이 발전하고, 세계에 뚜렷한 족적을 남기려면 이공계 기술자들과 연구원들의 성장이 중요했다.

* * *

대한민국의 행정, 입법, 사법 3권을 장악한 군사정부는 강력한 권력을 발휘하고 있었다. 이후 박정하는 민정 이양을 내세우면서 1963년 대통령 선거를 국민들에게 내세웠다.

사실 이 민정 이양은 박정하의 미국 방문과도 연결이 되어 있었다.

미국은 박정하에게 조속한 시일 내에 공정한 선거를 통한 민정 이양을 요구했다. 또한 민정 이양에 앞서 군의 정치 관여 금지와 원대 복귀를 함께 주문하였다.

쿠데타 이전으로 돌아가라는 소리였다.

미국은 자신들의 주문이 이뤄지기 전까지 경제 원조의 집행 부분 연기, 군사 원조의 잠정적 동결 등으로 군사정부의 손발을 묶으려고 했다. 그러면서 동시에 조속한 한일회담 개최와 국교 정상화 실현을 내세웠다.

이에 한미회담을 통해 얻은 것보다 잃은 것이 더 많다

는 평가도 많았다.

그러나 박정하는 그가 그리는 계획에 미국의 요구는 별반 문제가 되지 않는다고 여겼다.

겉으로는 미 정부의 압박에 못 이겨 순순히 민정 이양을 진행하는 것처럼 보였지만, 실상은 중앙정보부의 주도로 물밑에서 정당을 창당하기 움직이고 있었다.

육군 대장 박정하는 전역식을 가지고, 대통령 후보로 출마할 계획을 모두 세워 둔 상태였다. 이른바 제3공화국을 출범하기 위한 준비가 벌써 진행되고 있었던 것이다.

권력을 놓지 않으려는 박정하와 그를 따르는 세력들은 그들의 욕망을 실현시키기 위해 점차 노골적으로 움직였다.

이 과정에서 문제가 전혀 없던 건 아니었다.

그들 세력 내부에서도 군인들은 정치에 참여하지 않고 본연의 임무로 돌아가야 한다는 주장이 나왔다. 정말 나라와 국민을 위한다는 마음만으로 군사정변에 동참했던 군인들이었다.

그러나 박정하와 그의 친위 세력들의 힘이 더 막강했기에 이들의 의견은 가볍게 묵살됐고, 결국 박정하의 뜻대로 모든 일이 진행되었다.

「정치활동정화법 제정.」

「4374명의 정치 활동 봉쇄!」
「명단에 오른 사람들은 6년간 공직 선거에 후보로 출마할 수 없다.」
「권력의 단맛에 빠진 군사정부.」

 선거를 통해 재집권하려는 박정하는 새로운 법을 만들어 냈다.
 정치활동정화법의 명단에 오른 사람은 최고회의에서 추방된 군 지도자와 군사정부에 비판적인 정치인과 언론인 등이었다. 이른바 박정하의 권력 재집권에 방해가 되는 사람들이었다.
 아예 선거운동 종사, 정치집회 연사, 정치 활동을 금지시켜 버렸다.
 "음! 할 말은 하는 기자들도 있네."
 차준후가 대표실에서 기사를 읽고 있었다.
 군사정부에서 밝힌 내용을 고스란히 똑같이 반복해서 내보내는 여타의 신문과 달리 작심 비판하는 기사는 읽는 맛이 있었다.
 "처음부터 권력을 내려놓을 생각이 없는 독재자지."
 차준후는 누구보다 박정하를 잘 알고 있었다.
 몇 차례 언론 인터뷰와 발표 등을 통해 평화로운 민정 이양을 내세우는 박정하이지만 그 본심은 권력의 유지였다.

박정하가 얼마나 권력과 명예에 집착하는지 단적으로 보여 주는 것이 바로 육군 대장 자리였다.

　61년 7월에 정적들을 숙청한 뒤 국가재건최고회의 의장 자리에 오른 박정하는 61년 8월에 중장, 61년 11월에 대장으로 진급한다.

　이는 상식적으로 굉장히 부자연스러운 진급 과정이었다.

　그러나 박정하는 아랑곳하지 않은 채 스스로에게 별을 달아 버렸다. 평소 대장이 되겠다는 자신의 말을 권력으로 찍어 눌러 관철시킨 것이었다.

　"이 기자는 자신의 목을 내걸고 기사를 내보냈구나."

　차준후는 이번 정치활동정화법을 강력하게 비판한 기자의 마음을 느꼈다.

　통렬한 비판 기사였다.

　"지금쯤이면 겨레 신문사로 군인들이 들이닥쳤겠네."

　안 봐도 뻔했다.

　군사정부는 모든 신문사의 기사를 검열하고 있었는데, 겨레 신문사가 기습적으로 비판적인 기사를 내보낸 것이었다. 당연히 큰일이 일어날 수밖에.

　겨레 신문사는 군사정부의 강력한 검열을 받아야만 했고, 기사를 신문에 실은 기사와 편집장은 감내하기 어려운 탄압을 받고 있었다.

그들은 잘못된 기사를 내보냈다는 사유로 신문사에서 쫓겨나고 말았다.

"비서실장님."

차준후가 인터폰으로 실비아 디온을 찾았다.

- 네, 대표님.

"겨레 신문사에서 권력의 단맛에 빠진 군사정부 보도를 내보낸 정아은 기자님을 찾아 주세요. 그리고 이 보도와 관련되어서 불이익을 받은 분들까지요."

- 바로 알아볼게요.

"바른 소리를 하는 기자들을 홍보실에 두면 좋을 것 같아서요."

차준후는 군사정부에게 찍혀 버린 기자들을 구제하기로 마음먹었다.

이런 사람들이 대우를 받아야만 했다. 진실한 기사를 내보냈다고 앞날이 험난해지는 꼴을 보고 싶지 않았다.

* * *

점심시간이 갓 넘었을 무렵에 동대문 경찰서에서 겨레 신문사의 편집장과 정아은 기자가 밖으로 나왔다.

"이야! 정아은 기자 때문에 내가 경찰서에서 취조를 다 받아 보네."

"이거 왜 이러세요. 편집장님이 저보고 제대로 보도를 하라고 부추겼잖아요."

"국민들은 알 권리가 있잖은가."

"그것 때문에 제 기자 자리가 날아가 버렸어요. 어떻게 책임지실 건가요?"

"책임? 편집장인 내 자리도 날아갔어."

두 사람은 경찰서에서 형사와 군인들에게 아침부터 강도 높은 취조를 받았다. 이제 완전히 찍혀 버렸다.

그들뿐만이 아니었다. 이번 신문 발행을 도와준 모든 사람이 직장을 잃어버렸다.

"군사정부에서는 옳은 소리를 하기도 힘드네요."

"알고 한 것이잖아."

"그건 그런데, 괜히 억울하네요. 어렵게 얻은 기자 자리가 날아가 버렸잖아요. 이제 뭐하고 살죠?"

"대학교에 강사 자리를 알아 뒀는데, 거기에서도 쫓겨날 것 같네."

"쳇! 완전히 망해 버렸잖아요. 책임져요."

"나한테 시집올래?"

"웩! 이 아저씨가 무슨 헛소리를 하는 거야. 아저씨랑 나랑 띠동갑이거든요."

"띠동갑이면 아주 좋지."

경찰서 밖으로 터덜터덜 걸어 나오는 그들의 발걸음에

는 힘이 다소 빠져 있었다. 기자로서 나름의 책임을 걸고 행동했지만 여전히 변화되는 건 보이지 않았다.

"앞으로 대한민국에서 먹고살기 힘들어졌는데 힘 빠지는 소리 좀 하지 마세요. 제 이상형은 잘생기고 돈 많이 버는 사람이라고요. 편집장님처럼 실업자가 아니라요."

"이거 왜 이래. 대학교 강사 자리 맡아 뒀다니까."

"조만간 잘릴 거잖아요."

"이민을 가야 하나?"

"왜 이민을 가요. 목 빳빳하게 세워서 살아가야죠. 저는 절대 이민 안 가요."

두 사람은 자신들의 앞날이 험난하다는 걸 직감했다.

취조받을 때 형사와 군인들이 앞으로도 두고 보겠다고 위협했다. 그들의 말은 절대 허튼소리가 아니었다.

끼익!

검은색 포드 차량이 그들의 앞에 멈췄다.

차량에서 양복을 입은 사내가 내렸다.

"스카이 포레스트 인사부에서 근무하고 있는 김광석이라고 합니다. 정아은 기자님과 황승필 편집장님이시죠?"

"맞습니다. 아니, 이제 해고되었으니 편집장이라는 표현은 잘못됐군요."

"저도 이제 신문기자가 아니에요."

"두 분을 저희 스카이 포레스트 홍보실에 모셨으면 하

는데, 생각이 있으십니까?"

"정말이십니까?"

"꺄악! 진짜죠?"

두 사람의 얼굴이 환하게 펴졌다. 먹구름이 가득하던 그들의 미래가 한순간에 뒤바뀌어 버렸다.

군사정부에서도 눈치를 살펴야 하는 기업이 바로 스카이 포레스트였다. 차준후의 우산 아래 놓인 스카이 포레스트는 군사정부도 함부로 건드릴 수 없었다.

그들이 스카이 포레스트에서 일하게 된다면?

더 이상 군사정부의 눈치를 보지 않아도 된다는 소리였다.

"차준후 대표님께서 기사를 감명 깊게 보시고, 두 분을 회사로 영입해야겠다고 말씀하셨습니다."

"아, 그렇군요!"

"좋게 봐주셔서 정말 잘됐어요."

정아은과 편집장은 일이 어떻게 된 것인지 이해했다.

매일 출근하자마자 신문을 읽는 차준후의 습관은 유명했다. 그리고 그 습관 덕분에 그들의 삶이 구제받을 수 있었다.

"가시죠. 회사로 가서 두 분의 근무 조건과 업무 등에 대해 상세히 설명드리겠습니다."

"네."

포드 차량에 그들이 모두 탑승했다. 국산 차량과도 비교할 수 없는 안락함을 전해 주는 포드 차량이 부드럽게 내달렸다.

"저는 예전부터 스카이 포레스트에서 일하고 싶었어요."

"전 정아은 기자보다 더욱 일찍 그런 마음을 가졌지요."

"편집장님보다 제가 더 스카이 포레스트에 적합한 인재입니다."

두 사람이 스카이 포레스트에 대한 애정을 마구 드러냈다.

"대표님께서 군사정부의 눈치를 보지 않고 할 말 하라고 전해 달라 하셨습니다."

"와! 마음이 뻥 뚫리는 지시네요."

"크윽! 그간 신문사 높은 분들의 눈치를 보면서 기사를 작성했는데, 정말 좋은 소리네요."

"책임은 모두 대표님이 지신답니다."

"역시 대단하신 분이네요."

"스카이 포레스트에 가면 차준후 대표님을 뵐 수 있나요?"

"그건 장담드릴 수가 없습니다. 워낙에 바쁘신 분이라서요. 그렇지만 두 분의 의견을 비서실에 전달해 드리겠습니다."

"빨리 가죠."

차량 안의 분위기가 무척이나 훈훈했다.

"아! 회사로 가기 전에 뭘 좀 먹고 가야겠네요."
때마침 점심시간이었다.

직장인들에게 점심시간은 무척이나 중요했고, 스카이 포레스트는 직원들의 식사를 매우 각별히 신경 쓰고 있었다.

"점심은 먹지 않아도 됩니다."

"그럴 수는 없고요. 스카이 포레스트는 항상 점심시간을 철저하게 지키고 있습니다. 이런 부분은 대표님도 절대 예외가 아니지요."

근무 외 시간에 일하는 걸 극구 반대하는 스카이 포레스트였다. 정식으로 채용되기 전의 직원들이라고 해도 예외는 아니었다.

"그건 유명한 일이지요."

"차준후 대표님께서 식사 시간을 꼬박꼬박 지킨다는 다는 건 잘 알고 있어요."

"뭐 드시고 싶은 게 있습니까?"

"아침부터 지금까지 강도 높은 심문을 당했더니 배가 고프기는 하네요."

"제가 이 근처 아주 맛있는 국밥집을 알고 있습니다. 거기로 가지요."

"아! 양평해장국이죠?"

"맞습니다."

"거기라면 국물이 얼큰해서 아주 끝내줘요. 서울에서 해장국으로 손가락에 꼽혀요."

떠올리기만 해도 입맛이 도는지 정아은이 침을 꿀꺽 삼켰다. 아까 전만 해도 식욕이 없었는데, 지금은 걸신이 들린 것처럼 배가 고팠다.

점심시간이었기에 양평해장국 집에는 빈자리를 보이지 않았다.

"잠시만 기다리면 자리가 날 겁니다."

"여기가 맛집인 모양이네요."

"최고의 맛집 가운데 하나라고 추천합니다. 기자들 사이에서는 아주 유명해요."

"회사로 가서 맛집 리스트에 올려야겠네요."

"아! 스카이 포레스트의 유명한 맛집 리스트 말이군요. 거기에 들지 못하면 진정으로 맛있는 음식점이 아니라는 말들이 기자들 사이에서 떠돌고 있습니다."

"그 이야기를 기사로 내보낸 적도 있어요."

"그 기사 저도 봤습니다. 간혹 차준후 대표님께서도 회사 맛집 리스트를 이용하고 계셔서 매번 신규 음식점들을 추가하고 있는 실정입니다."

차준후의 식도락 취미는 스카이 포레스트의 직원들에게도 잘 알려져 있었고, 직원들은 차준후를 위해 자신이 알고 있는 음식점들을 추천해 주었다.

그리고 자신이 추천한 음식점에 차준후가 방문하게 되는 것을 크게 기뻐했다. 추천한 음식점이 채택될 경우 소정의 포상금이 있기 때문이었다.

 그저 맛있었던 식당을 추천해 주는 것만으로도 적지 않은 포상금을 받을 수 있으니 너도나도 열심히 음식점을 추천했다.

* * *

 군사정부는 상대적으로 낙후되고 소외된 농촌을 위한 정책을 고민했다.

 경제 활성화를 위한 저곡가 정책 및 도시 육성 등의 정책으로 농촌은 상대적으로 많은 피해를 보고 있었다.

 그로 인해 농촌의 정서가 군사정부에 좋지 않게 흘러가는 분위기가 감지됐다.

 군사정부는 성난 농민들을 달래야만 했고, 그에 맞는 정책들을 마련해야 할 필요성이 있었다.

 그러다가 스카이 포레스트가 용산 일대에서 진행한 새마을 운동이라는 이름의 사회 활동에 대해 알게 됐다.

 "의장님, 스카이 포레스트에서 진행했던 새마을 운동이라는 것을 정부 주도로 진행해 보면 어떨까 싶습니다. 농촌에 부정적으로 퍼지고 있는 의장님의 평가를 일거에 바꿀 수 있을 겁니다."

"스카이 포레스트에서 이런 사회 활동을 했었단 말이지?"

"맞습니다."

"역시 차준후 대표는 발상부터 남달라."

보고서에 정리된 새마을 운동에 대해 살펴본 박정하는 고개를 주억이며 감탄했다.

"우선 농촌에서 시작을 해 보는 것이 어떻겠습니까? 농촌에서 반응이 좋게 나오면 전국적으로 새마을운동을 진행하는 방향으로 잡고요."

"바로 진행시켜."

박정하가 흔쾌히 승낙했다.

그렇지 않아도 농촌이 성장할 수 있도록 여러 정책들을 고민하고 있었는데, 새마을운동이 안성맞춤이었다.

새마을운동의 시작이었다.

갑작스러운 국책 사업이 발동됐다.

역사보다 빨리 새마을운동이 시작된 배경에는 차준후의 개입이 있었다.

백호벽돌과 함께 진행했던 도로포장과 인도 보도블록, 전봇대 전구 교체 등 여러 가지 정책이 낙후된 농촌에 적합하였다.

「새마을운동 시작.」
「스카이 포레스트에서 시작된 새마을 운동은 국민 복지를 이룩하고 국민들을 재건 의식을 높이는 전 국민적인 운동이다.」
「새마을운동을 통해 용산 지역은 풍족해졌다.」
「새마을운동은 자조·자립·협동·충효·애국을 지표로 삼고 있다.」

군사정부는 국민들의 관심을 정치활동정화법에서 돌리기 위해서 새마을운동을 대대적으로 꺼내 들었다.
새마을운동본부를 국가재건최고회의의 산하 기구로 두고, 전국의 시·도·군·읍·면에 지부를 뒀다.

　　　　　　＊　＊　＊

"새마을운동이라? 이건 내가 했던 걸 판박이처럼 가져다 쓴 거네."
차준후가 새마을운동 기사를 보면서 웃었다.
그는 역사의 내용을 가져다 사용하였고, 또 그걸 박정하와 군사정부가 차용하였다.
돌고 도는 관계였다.
사실 새마을운동의 전개는 경제적 동기보다 박정하 정

권의 지지 기반을 확대하는 동시에 공고히 만들기 위함이었다. 불순한 의도가 상당히 녹아 있었다.

도시에 비해 농촌이 통제하기가 손쉬웠고, 이는 군사정부의 의도가 고스란히 먹혀들었다.

「새벽종이 울렸네 새 아침이 밝았네
너도나도 일어나 새마을을 가꾸세
살기 좋은 내 마을 우리 힘으로 만드세」

박정하가 직접 새마을 노래를 지었다고 한다. 요즘 라디오를 틀면 자주 나오는 노래였다. 이 정도면 새마을운동 사업을 국민들의 뇌리에 노래로 거의 반강제로 때려박는 식이었다.

이 시대의 일반 가정집에서 하루의 시작과 끝은 보통 라디오였다. 라디오에서는 노래와 뉴스 등이 매번 흘러나왔다.

진취적이고 명랑한 새마을노래는 군사정부가 국민들에게 정책을 전하는 아주 효과적인 도구이자 수단으로 사용됐다.

국민체조 노래, 새마을노래, 잘살아보세, 나의 조국, 조국찬가 등 앞으로 라디오에서 울려 퍼질 노래들이었다.

"음! 새마을운동은 긍정적인 측면이 강하지."

차준후는 초가지붕을 함석지붕으로 바꾸고, 구불구불한 마을 도로를 넓히는 환경 개선 사업을 높이 평가했다.

낙후된 농촌을 개선할 수 있는 좋은 기회였다. 안 좋게 보면 끝이 없었다.

"아, 이 당시에는 슬레이트 지붕이 많이 사용되고 있지!"

새마을운동에는 초가지붕을 슬레이트로 바꾸는 사업도 포함되어 있었다.

슬레이트는 저렴하고 대량 생산도 가능할 뿐만 아니라, 굉장히 활용도가 높아서 1960년대에 무척이나 광범위하게 사용되는 재료였다.

그러나 이런 슬레이트에는 굉장히 치명적인 문제가 하나 있었다.

"오래된 슬레이트 지붕에서는 미세한 섬유 형태의 석면이 흘러나오지."

호흡기를 통해 인체에 들어간 미세한 섬유 형태의 석면은 치명적인 문제를 일으킨다. 이 때문에 1급 발암물질로 지정됐다.

연구 결과에 따르면, 수많은 사람이 석면에 노출되어 건강 문제를 겪게 된다. 미래에 심각성을 인지한 정부는 석면 슬레이트 철거 처리 지원 사업을 펼쳤다.

"새마을운동에서 지붕을 교체하는 과정에 반드시 함석

지붕을 사용하라고 정부에 건의해야겠네."

차준후는 원 역사에서 새마을운동에 사용되었던 슬레이트 지붕을 사전에 차단하기로 마음먹었다.

슬레이트를 생산하고, 지붕을 교체하고, 다시 철거하고. 원 역사에서는 이 불필요한 과정 탓에 재정적 낭비가 이만저만이 아니었다.

"혹시 모르니 홉킨스 병원에도 석면이 인체에 미치는 영향에 대해 연구해 달라고 의뢰해 둬야겠네."

미국은 1987년에 국제암연구소에서 석면을 1급 발암물질로 지정한 이후, 1989년부터 석면의 사용을 통제하기 시작했다.

2000년대까지도 석면이 사용되었던 대한민국보다 훨씬 빠른 조치이지만, 1962년에는 아직 어렴풋하게 위험성을 인지하고 있을 뿐 활발한 연구는 진행되지 않은 상태였다.

그러나 홉킨스 병원에서 나서서 석면의 위험성을 제대로 연구하고 발표한다면, 석면은 원 역사보다 빨리 세상에서 자취를 감추게 되리라!

"함석지붕은 정부에서 알아서 하라고 하고, 스카이 포레스트 이름으로 시멘트를 사서 기부해야겠다."

차준후는 협조할 수 있는 부분은 과감하게 지원해서 농촌이 조금이나마 살기 좋아질 수 있도록 돕고자 했고, 그 시작으로 시멘트를 택했다.

시멘트는 여기저기 사용할 곳이 많았다. 시멘트로 마을 진입로와 공동 빨래터 등을 만들어서 농촌의 환경을 바꿀 수 있었다.

* * *

청도의 신도 마을은 작년 여름에 수해를 크게 당했다.

좋지 않은 일이 벌어졌지만 마을 주민들이 합심하여 수해 복구 사업을 펼쳤고, 수해를 입은 다른 마을에 비해 깨끗하게 정비됐다.

이 당시 시골 농촌 지역은 무척이나 낙후되어 있었고, 다른 마을에 비해 깨끗하다고 하지만 부족한 점이 많았다.

신도 마을이 아침부터 소란스러웠다.

"새벽종이 울렸네, 새 아침이 밝았네. 너도나도 일어나 새마을을 가꾸세. 살기 좋은 내 마을 우리 힘으로 만드세."

마을 곳곳의 스피커를 통해 새마을 노래가 흘러나왔다.

새마을운동 시범 마을로 선정된 신도 마을이었다.

원 역사에서는 박정하가 대통령 전용 열차를 타고 가다가 수해 복구를 잘 해낸 신도 마을을 보고서 새마을운동을 떠올렸다고 했다.

그 역사가 차준후에 의해서 되풀이되고 있었다.

"이게 대체 무슨 일이야?"

"이른 아침부터 난리네."

"좋은 일이잖아. 우리 마을이 살기 좋아질 수 있는 것이라고."

"오늘 차준후 대표라는 사람이 온다면서?"

"올 가능성이 높다고 하더라. 정확히 확정된 것은 아니야."

"새마을운동이 대체 뭔지 모르겠다."

"이장님이 어제 이야기해 줬잖아. 새마을운동은 마을을 스스로 정비하고 깨끗하게 가꾸는 거라고. 그러기 위해서 일손을 보태면 더욱 많은 걸 얻을 수 있다고 했어."

"그래? 난 어제 볼일 때문에 다른 지방에 갔다 와서 못 들었어."

"마을 진입로를 확장하고, 하천에 작은 다리를 건설한다고 했어."

"다리를 건설하면 읍내로 갈 때 돌아가지 않고 빠르게 갈 수 있겠다. 그동안 읍사무소에 그렇게 만들어 달라고 이야기했는데 이제야 해 주네."

"저기 읍사무소 직원이 그러는데, 위에서 해 주라고 했다네. 새마을운동 시범 마을이라서 대우를 해 준다는 거라더라."

신도 마을에는 읍사무소의 공무원들까지 나와 있었다.

높으신 분들이 나올 수도 있었고, 또 새마을운동을 어떻게 진행해야 할지 주민들에게 알려 주는 업무도 있었다.

군사정부는 새마을운동을 통해 농촌의 많은 걸 바꾸려고 하고 있었다.

첫 번째 시범 마을이기에 해야 할 사업들이 많았다. 마을 진입로, 다리, 초가지붕을 함석지붕으로 개량하기, 공동 우물 정비, 공동 빨래터 등 신도 마을을 송두리째 바꾸는 사업이었다.

낙후된 시골 신도 마을 주민들 입장에서는 천지가 개벽하는 일이었다.

"이장님이 합심해서 열심히 땀 흘려야 한다고 집집마다 돌아다니며 신신당부했어."

"당연히 열심히 일할 거야. 그런데 이장님이 그런 말을 한 이유가 있어?"

"마을의 성과에 따라 물자를 차별적으로 지급한다네. 그래서 이장님이 지금 주민들을 독려하고 있는 거야."

"정말 죽을 각오로 일해야겠다. 우리가 열심히 할수록 마을이 바뀐다는 거잖아."

새마을운동은 전국에 공평하게 펼쳐지는 사업이 아니

라 마을끼리의 경쟁을 자극했다. 이에 물자 차별 지급에 소외되는 농촌 지역이 나온다는 우려의 목소리가 나왔다.

안타깝게도 1960년대는 물자가 풍족한 편이 아니었다. 무척이나 물자가 빈약했기에 정부로서도 열심히 호응하는 농촌을 우선할 수밖에 없었다. 현실적인 선택인 셈이었다.

이 당시 농촌에는 이른바 공동체 전통이 남아 있었다. 모내기를 비롯한 힘든 일을 할 때 서로 돕는 품앗이가 있었고, 집집마다 숟가락이 몇 개인지 알 정도로 친하게들 지냈다.

특히 신도 마을은 이번 수해 복구 작업에서 남다른 공동체 정신을 증명했고, 덕분에 새마을운동의 첫 시범 마을로 선정되는 영예를 안게 됐다.

그리고 이런 결정에 결정적인 영향을 끼친 사람이 바로 차준후였다. 역사의 변화를 좋아하지 않는 차준후가 원역사와 마찬가지로 신도 마을이 선정될 수 있도록 추천했고, 별다른 반대 없이 확정됐다.

"자, 주민 여러분! 여기에 있는 시멘트와 지붕들을 옮깁시다!"

중년의 이장이 목청을 높이고 있었다.

마을 입구가 좁았기에 트럭이 들어서지 못했다. 그렇기에 마을 입구 한쪽에 시멘트를 하역하였고, 이것들을 공사장 인근으로 옮기는 건 주민들의 몫이 되어 버렸다.

"와우! 저기 쌓여 있는 시멘트가 대체 몇 개냐?"

"난 저기 함석지붕들이 눈에 확 들어온다. 이제 초가지붕을 매년 정비하지 않아도 된다는 소리잖아."

"형우! 청엽! 거기서 떠들지 말고 빨리 와서 도와. 건장한 너희들이 움직여야지!"

"예. 갑니다."

주민들이 리어카에 시멘트를 채워서 옮겼다.

직접 어깨에 시멘트 포대를 짊어지고서 옮기는 사람들도 있었다. 무거운 시멘트를 옮기는 힘든 일이었지만 사람들의 입가에는 미소가 가득했다.

"이제 마을이 살기 좋아지겠다."

"새마을운동이 정말 좋은 거구나."

원 역사에서 새마을운동은 주민들의 동의하에 진행되긴 했으나, 지나치게 적극적인 참여를 요구하며 사실상 반강제적인 분위기를 조성한 탓에 반발을 하는 이들이 제법 많았다.

아무리 자신들의 마을을 위한 일이라고는 하나, 이에 반강제적으로 동원된다면 좋아할 사람은 많지 않았다.

그러한 정부의 기조 자체는 지금도 크게 다르지 않았지만, 한 가지 달라진 점이 주민들이 스스로 즐기며 일하도록 만들었다.

"스카이 포레스트의 차준후 대표님께서 약속하셨습니다. 이번 새마을운동을 잘 마무리하면 정미소를 세워 주신다고 말입니다."
"정미소요?"
"예. 심지어 작은 돌까지 골라낼 수 있는 최신식 도정기까지 기증하겠다고 하셨습니다."

신도 마을 주민들은 읍내에만 정미소가 있는 탓에 정미를 하려면 제법 먼 거리를 돌아서 나가야만 했다. 그런데 마을에 정미소가 생긴다면 더 이상 그런 고생은 하지 않아도 됐다.

"와아아! 차준후 대표 만세!"
"차준후가 최고다."
"아니, 그 최신식 도정기까지 있는 정미소를 그냥 지어 준다고?"
"차준후 대표를 두고서 돈 걱정하는 건 미련한 거야. 그 사람에게 정미소 하나 만들어 주는 건 아주 푼돈에 불과해."
"아, 그렇겠다!"

주민들이 이장의 이야기에 공감했다.

대다수의 주민이 농사를 짓고 있는 농촌에서 정미소는 굉장히 중요한 시설이었다.

그런 시설을 무료로 지어 주겠다고 하니, 신도 마을 주민들이 반강제적으로 노동을 하게 되었음에도 만면에 미소를 머금을 수 있었다.

어느덧 시간이 10시를 넘어서고 있었다.

청도 신도 마을로 검은색 포드 차량들이 줄지어서 이동하고 있었다. 새마을운동 첫 시작을 기념하기 위해서 차준후가 이곳에 나타났다. 그리고 추억을 곱씹기 위함이기도 했다.

'여기도 오랜만이네.'

차준후가 풍경을 보면서 속으로 중얼거렸다.

청도 신도 마을은 새마을운동의 발상지로 자주 거론되는 곳이었고, 새마을운동 기념관을 비롯한 많은 곳이 있는 지역이었다.

임준후로 살아갈 때, 학교에서 이곳으로 단체여행을 온 적이 있었다.

'저기에는 역이 있었는데, 지금은 그저 황무지야.'

그 당시에는 열차를 타고 왔다.

1967년 주민들이 철도청에 건의하여 만들어진 신거역이라고 있었다. 신거역은 여객 수요 감소로 1988년에 철거되는 아픔을 겪어야만 했다.

박정하 동상도 세워져 있는 공원도 있었다.

'농촌을 단기간 내에 현대적으로 바꾸기에 최고의 정책이지. 그렇기에 아프리카를 비롯한 국가에서 빈곤 문제

를 해결하기 위해 새마을운동은 벤치마킹했고 말이야.'

수많은 외국인이 신도 마을을 방문해서 새마을운동을 배웠다. 새마을운동의 정신이 빈곤한 해외 국가들에서 실천됐다.

이른바 부자 나라가 될 수 있은 씨앗을 건네준 셈이다.

그러나 그가 회귀하기 전까지 어떤 외국 국가도 대한민국처럼 놀라운 변화를 보여 주지 못했다.

공동체 정신과 가난을 떨쳐 내고자 하는 한국인들의 마음, 정부 지원 등이 복합적으로 적용되면서 벌어진 현상이었다.

"벌써부터 열심히 일하고 있네."

마을 진입로에서 사람들이 열심히 도로 확장을 위해서 일하고 있었다.

21세기라면 중장비를 이용했을 텐데, 주민들이 삽과 괭이 등을 들고서 마을 입구 진입로를 넓히고 있었다. 어른들 사이에서 어린아이들까지 나와서 일을 돕고 있었다. 신도 마을에서는 그야말로 고사리손까지 동원하였다.

그리고 그 모습을 전국에서 찾아온 신문사와 방송국의 언론 관계자들이 취재하고 있었다.

"땅을 평평하게 만들어야 해. 그래야 시멘트로 포장해도 울퉁불퉁하지 않게 나온다고."

"나도 알고 있다네. 비싼 시멘트를 낭비하지 않을 거야."

차량이 오갈 수 있는 좁은 진입로 주변의 울퉁불퉁한 흙길이 평평하게 펴지고 있었다.

여러 대의 포드 차량들이 마을 진입로 앞에서 멈췄다.

건장한 체격의 경호원들이 내려서 주변을 경계하였고, 차준후가 모습을 드러냈다.

"차준후가 왔어."

"차준후 대표다. 정말로 왔네."

"저분이 우리 마을에 정미소를 만들어 준다는 사람이구나."

"정말 훤칠하게 생겼다. 딸을 시집보내면 딱 좋겠다."

"여기 시멘트들도 저기 차준후 대표가 기부를 해 줬다고 하더라."

"정말?"

"아까 읍사무소 공무원들이 이야기하는 걸 들었어."

"정말로 마음씨가 비단결처럼 고운 사업가야."

주민들이 차준후를 보고서 웅성거렸다.

그들의 눈에 비친 차준후는 그야말로 아주 훌륭한 사람이었다. 어렵고 힘들게 살아가는 그들의 삶에 따뜻한 배려를 해 주고 있었다.

정부에서도 만들어 주지 못하는 정미소라니.

가난한 농민들 입장에서 입이 떡 벌어질 수밖에 없었다. 너무 고마워서 고개가 절로 숙여지려고만 했다.

"안녕하십니까. 신도 마을 이장 황만원이라고 합니다."
"읍사무소 읍장인 김수덕입니다. 만나 뵙게 되어서 영광입니다."

곧바로 달려와서 차준후에게 인사하는 이장과 읍장이었다.

"다들 고생이 많으시네요."

차준후가 안타깝다는 듯 이야기했다.

진입로가 좁아서 트럭이 들어서지 못하는 탓에 시멘트를 일일이 들어서 공사장까지 옮기는 주민들의 모습을 보니 안타까운 마음이 들 수밖에 없었다.

시멘트는 한 포대만 하더라도 무게가 장난 아니었다. 건장한 남성도 몇 차례 시멘트를 들었다 내렸다 반복하다 보면 금세 지쳤다.

하지만 새마을운동은 전국적으로 진행되는 일이니만큼 정부에서 인부들까지 전부 고용해 줄 여력은 없었기에 어쩔 수 없는 일이었다.

새마을운동은 마을 주민들이 한마음이 되어 똘똘 뭉치지 않으면 성공하기 어려워진다.

그렇기에 차준후는 주민들이 한마음이 될 수 있도록 정미소를 기증하기로 한 것이었다. 노력의 대가가 주어지니 주민들은 힘들지만 웃으면서 일할 수 있었.

"고생이라니요? 당치도 않습니다."

"이건 저희가 원해서 자발적으로 하는 작업입니다."

이장과 읍장이 절대 고생이 아니라고 고개를 가로저었다.

"보십시오. 모두 웃고 있잖습니까? 몸은 힘들어도 마음이 즐겁기 때문입니다."

"우리 마을에 기회를 주셔서 주민 모두가 고마워하고 있습니다."

두 사람 모두 신도 마을이 고향이었다.

나라 경제가 나날이 성장하는 와중에 소외되고 있던 고향이 발전할 수 있는 절호의 기회를 얻게 된 것이다.

물론 힘들지 않다면 거짓말이겠지만, 그렇다고 여기에 불만을 토로할 만큼 신도 마을의 사정은 여유롭지 못했다.

이들은 차준후가 새마을운동의 첫 시범 마을로 신도 마을을 추천했다는 사실을 알고 있었다. 이런 기회를 준 차준후에게 깊이 감사했다.

"신도 마을의 공동체 정신이 강해서 얻은 기회입니다."

원 역사보다 일찍 시작된 새마을운동이었다. 혹시 그에 따른 변화가 생길지도 모르기에 차준후는 가능한 변수를 줄이기 위해 원 역사와 마찬가지로 신도 마을을 첫 번째 시범 마을로 추천한 것뿐이었다.

그런데 생각지도 못하게 그게 이들이 차준후를 존경하

게 만드는 요소로 작용하였다.

"좋게 봐주셔서 감사합니다. 앞으로 더욱 잘하겠습니다."

"많은 지도편달 부탁드리겠습니다."

이장과 읍장이 차준후에게 고개를 숙였다.

"모두 마무리되면 정미소와 별개로 한 가지 더 큰 선물을 안겨 드리겠습니다."

차준후는 이미 앞서 지원해 준 시멘트는 물론이고, 이후 만들어 주기로 한 정미소도 약과에 불과할 정도로 큰 선물을 준비하고 있었다.

"큰 선물이라면?"

"무엇인지 알 수 있을까요?"

마을 지도자들이 궁금해서 죽을 것 같은 표정을 지었다.

"신도 마을에서 읍내나 도시로 나가라면 교통편이 어렵지요?"

"그렇죠. 읍내와 도시를 연결해 주는 마을버스를 타려면 한 시간 이상 걸어서 나가야만 합니다."

"교통편이 상당히 안 좋습니다."

"철도청에 건의하여 간이역을 만들어 드리겠습니다. 간이역이 세워지면 도시로 나가기가 수월해질 겁니다."

차준후는 신거역을 일찌감치 만들어 줄 작정이었다.

신거역은 청도읍 신도리와 거연리 앞 글자를 따서 붙인 역 이름이었다.

이미 정부와 협의를 끝마친 상황이었다.

사재를 출연해서라도 간이역을 만들겠다고 했지만 한국화약으로 곳간이 조금 풍족해진 정부는 직접 자금을 내겠다고 천명했다.

역시 돈이 좋았다. 국내 경제가 활성화되면서 국고가 예전보다 풍족해지고, 덕분에 군사정부도 원하는 사업에 자금을 사용할 수 있게 됐다.

차준후와 친밀하게 지내고 있는 철도국에서도 이번 간이역 설치를 적극적으로 지원해 준다고 약속했다.

"간이역이라고요?"

"정말이십니까?"

이장과 읍장의 얼굴이 붉게 상기됐다.

생각지도 못한 엄청난 선물이었다.

그간 교통이 너무 불편한 탓에 젊은 사람들은 하나둘 신도 마을을 떠나고 있었다. 그런데 간이역이 세워지면 더 이상의 인구 감소는 피할 수 있을 터였다.

또한 주민들의 생활이 훨씬 편이해지며 살기 좋아질 수 있었다.

"마을 발전에 도움이 필요한 부분이 있다면 얼마든지 말씀 주십시오. 제가 제대로 지원해 드리겠습니다."

차준후는 신도 마을을 반드시 새마을운동의 성공적인 사례로 만들 생각이었다.

신도 마을의 새마을운동이 좋은 선례를 만들어 준다면, 이후 이어질 다른 농촌 지역에서의 새마을운동도 더욱 활발히 이어질 수 있었다.

"크윽! 이렇게 신도 마을을 신경 써 주셔서 감사합니다."

"정말 이 고마움을 어떻게 표현할 길이 없네요. 그저 감사하고 또 감사합니다."

"이제 시작일 뿐입니다."

차준후의 말처럼 이제 첫 삽을 떴을 뿐이었다.

"그럼요."

"제대로 해 보겠습니다."

"시작은 미약하더라도 끝은 창대해질 겁니다. 농촌도 도시처럼 잘살 수 있다는 걸 보여 주세요."

"대표님의 말씀을 듣다 보면 심장이 마구 뜁니다."

"도시의 삶이 부러웠는데, 이제 도시민들이 농촌을 부러워하게 만들겠습니다."

대한민국에서 제일 잘 나가는 사업가의 적극적인 지원과 후원에 이장과 읍장이 크게 고무됐다.

이제 정말 새마을운동의 규모가 커졌다.

무조건 잘해야 할 필요성이 생겼다.

물론 차준후를 만나기 전에도 그렇게 생각했다. 그러나 이제는 진짜 목숨을 걸고 새마을운동에 매달려야 할 판이었다.

"대표님의 각별한 관심에 힘입어 열심히 하겠습니다."

"대표님의 은혜에 어울리는 커다란 성과를 무조건 만들겠습니다."

이장과 읍장이 차준후를 보면서 다짐했다.

신도 마을의 운명이 새마을운동에 달려 있었다.

봐라!

스카이 포레스트와 함께한 마을들은 하나같이 대단한 성공을 거뒀다. 보령의 어촌은 진흙으로 인해 소위 대박을 터트렸고, 심지어 어선을 받기까지 하였다.

신도 마을도 보령 어촌처럼 되지 말라는 법이 없었다. 아니다. 보령 어촌보다 더욱 크게 되도록 노력을 기울여야만 했다.

"믿습니다."

차준후가 존중과 존경을 잔뜩 담은 두 사람의 눈빛에 부담을 느꼈다.

이런 눈빛은 두 사람뿐만이 아니었다. 주변 사람들이 일하면서 귀를 쫑긋거리고 그들의 대화를 듣고 있었다.

간이역을 비롯한 차준후의 약속이 퍼지는 건 한순간이었다.

"역시 차준후야."

"대단해."

"차준후의 은혜를 입은 마을은 무조건 엄청난 성공을 한다고 했어."

"땅 가지고 있는 사람들은 좋겠다."

"부러워만 하지 말고 은행에서 대출받아서 땅을 사들여. 남는 건 땅밖에 없어."

"그래야겠네요. 소작만 해 왔는데, 소작하는 비용이 늘어나기 전에 제 명의로 된 논밭을 마련해야 할 것 같아요."

일부 머리 회전이 빠른 사람들은 부동산을 사들이려고 했다.

신도 마을에 변화의 씨앗이 심어졌다.

"여기 온 김에 저도 새마을운동에 한 손 거들어야겠네요. 삽 한 자루만 주세요."

"아이고! 귀하신 분이 험한 일을 하시면 되겠습니까."

"그냥 그늘에 편하게 계시면 됩니다."

"아닙니다. 예전에 용산에서도 삽 들고 일한 경력이 있습니다. 그러니까 걱정하지 말고 삽을 주세요."

차준후의 말에 마을 이장이 어쩔 수 없이 삽을 건네줬다.

걱정스런 눈빛이었다. 귀한 분이 삽질을 하다가 괜히 다치기라도 하면 큰일이었다. 그 원망을 어떻게 다 들을

지 상상조차 끔찍했다.

　팍팍팍!

　울퉁불퉁한 흙길을 다듬기 위해서 차준후가 열심히 삽질을 하였다. 용산에서 했던 경험이 있는 덕분에 다른 농촌 작업자들에 비해서 크게 부족함이 보이진 않았다.

　어느 정도 일머리가 튼 수준의 삽질이었다.

　"어우! 일 잘한다."

　"이야! 저 정도면 새참을 아주 잘 먹여야겠는걸."

　"머리만 좋다고 알았는데, 몸 쓰는 일도 아주 잘하네."

　"정말로 사위 삼고 싶다."

　지켜보고 있던 사람들이 감탄을 토해 냈다.

　저렇게 솔선수범하여 땀 흘리는 사업가는 굉장히 드물었다. 현장을 직접 찾아오는 이들은 종종 있지만, 언론에 보여 주기 위한 사진만 찍고 떠나는 경우가 대부분이었다.

　지난 수해 복구에도 지역 정치인들이 신도 마을을 찾았지만, 그냥 얼굴만 비추고 사진을 찍은 뒤 떠났다. 그런데 마치 신문에는 대단한 일이라도 한 것처럼 얼굴이 크게 찍힌 사진을 내보내서 얼마나 당황했는지 모른다.

　그런 실속 없는 정치인들에 비해 차준후는 그야말로 속이 꽉 차 있었다.

　아니, 오히려 자신과 아무런 상관없는 일임에도 이렇게

찾아와 도와주는 것이었으니 비교조차 할 수 없었다.

보고 겪을수록 예뻐 보였고, 존경할 수밖에 없었다.

팍팍팍! 팍팍팍!

차준후의 삽질과 함께 흙길이 평탄해져 갔다.

작업에 집중하기 시작하자 주변에서 들리던 소리가 점차 흐릿해지더니 이내 아무런 소리도 들려오지 않았다.

차준후는 주변의 시선에 전혀 아랑곳하지 않은 채 구슬땀을 흘리며 몸을 움직였다.

그 모습을 현장에 나와 있던 기자들이 카메라에 담았다.

"특종이다."

"차준후 대표 덕분에 내일 신문은 잘 팔리겠다."

"내일까지 기다릴 필요가 있나? 석간으로 내놓자고. 다른 신문사들보다 조금이라도 빨리 국민들에게 알려야지."

"지금 윤전기 잡아 두라고 이야기해 둬야겠네."

신문기자들이 바쁘게 움직였다.

매번 좋은 뉴스와 특종을 안겨 주는 차준후였기에 언론 관계자들이 좋아할 수밖에 없었다.

차준후가 열심히 작업하자, 신도 마을의 주민들도 더욱 땀을 흘렸다. 이장과 읍장들이 돌아다니면서 작업의 효율성을 높이기 위해 노력했다.

새마을운동의 공동체 협동 정신이 제대로 발휘되고 있는 현장이었다.
"새참들 먹고 하세요."
"점심시간이에요. 잠시 작업을 멈추세요."
"기다리고 기다리던 새참 시간이구만."
"열심히 일하고 먹는 새참은 그야말로 꿀맛이지."
사람들이 삽과 괭이 등을 내려놓았다.
차준후도 허리를 펴고서 삽에 기대어서 휴식을 취했다.
정말 미친 듯이 일했다. 간만에 힘을 쓰니 무척이나 힘은 들었지만, 그래도 나름 재밌고 즐거운 시간이었다.
"차준후 대표님, 차린 건 별로 없지만 괜찮으시다면 함께 식사하시겠어요?"
"시장이 반찬이라고 하지 않습니까. 뭐든 주시면 감사히 먹겠습니다."
새참으로 나온 것은 나물 몇 가지와 보리와 쌀을 섞은 밥이 전부였다.
그러나 차준후는 그 어느 때보다 맛있게 식사를 했다. 땀을 잔뜩 흘린 후에 먹는 것이라 더 맛있게 느껴지는 것도 있겠지만, 적당히 짭짤하게 간이 되어 있는 것이 그의 입에 딱 맞았다.
"맛있네요. 누가 만드신 건지 몰라도 장사하셔도 되겠어요. 돌아가서도 두고두고 생각날 것 같은 맛입니다."

차준후는 여러 나물을 밥과 함께 야무지게 비벼서 한입 가득 삼키며 음식 솜씨를 칭찬했다.
그 칭찬에 이장이 화색을 띠며 말했다.
"제 부인이 만든 음식입니다. 입에 맞으시면 돌아가실 때 가져가실 수 있게끔 몇 가지 밑반찬 좀 싸 두라고 이야기해 두겠습니다."
"괜찮습니다. 저 때문에 괜히 번거롭게 그러지 마십시오."
"번거롭다니요. 기쁜 마음으로 해 드리는 겁니다."
이장이 부인에게 다가가서 빨리 밑반찬을 준비해서 가져오라고 이야기했다. 분주하게 움직인 중년 부인이 보자기에 밑반찬들을 가득 쌓아서 가지고 왔다.
찢어질 것처럼 퉁퉁한 보자기가 하나가 아닌 두 개였다. 보자기 안에는 각종 밑반찬이 찬합에 한가득 쌓여 있었다.
"밑반찬이 필요하시면 언제라도 말씀 주세요."
중년 부인은 신도 마을을 위해 애써 주는 차준후를 위해 평생이라도 밑반찬을 제공할 생각이 있었다.
"이것만 해도 충분합니다. 다음에 또 필요하면 제가 밑반찬을 사러 오겠습니다."
점심 식사를 배불리 맛있게 마친 차준후가 두 손을 무겁게 해서 차에 올랐다.

반찬값을 주려고 했지만 이장 부부가 한사코 거절하였고, 결국 차준후는 공짜로 반찬들을 얻었다.

"이러면 신도 마을에 더 많은 걸 해 줘야겠는데……."

차준후는 반찬값을 신도 마을에 되돌려주려고 했다.

"농기계 대여점을 신도 마을에 개설해 줘야겠다."

가난한 농촌에 농기계 대여점은 그야말로 선망의 대상이었다. 농기계 대여점은 농민들에게 있어 선풍적인 인기를 끌고 있었다.

인력으로만 해 오던 농사를 모내기 기계를 비롯한 농기계를 사용하면 빠른 시간 내에 많은 작업이 가능했다. 인력은 적게 드는 데에 반해 수확량은 많아지는 마법과도 같은 일이 벌어졌다.

다만 이 농기계라는 것이 가난한 농촌이 감당하기에는 무척 고가였다.

스카이 포레스트는 이런 고가의 농기계들을 저렴한 가격에 농민들에게 빌려주고 있었다. 사실상 거의 공짜나 다름이 없었다.

그러니 당연히 농촌에서는 스카이 포레스트의 농기계 대여점을 유치하기 위해서 많은 노력을 기울였다.

그런데 신도 마을에서는 그런 농기구 대여점을 고작 반찬값으로 얻어 내게 된 것이다.

자그마한 호의로 신도 마을은 더욱 풍족해질 수 있게

됐다.

* * *

차준후는 새마을운동을 성공시키기 위해 열과 성을 다했다. 역사보다 일찍 시작하는 새마을운동이었기에 성공시키기 위해서는 여러 가지 조치들이 필요하였다.

그러나 한 가지 문제가 있었다.

차준후가 새마을운동이 원 역사보다 앞당겨 시작될 수 있도록 만들었지만, 사실 그도 새마을운동에 대해 아는 거라곤 수박 겉핥기식 수준밖에 되지 않는다는 점이었다.

뭐가 부족하고, 더 필요한지 알아야 조치를 취할 텐데 자세히 아는 바가 없다 보니 도움을 주려고 해도 쉽지 않았다.

다행히도 정부에서 알아서 이런저런 점을 보완하며 원 역사에서 시행되었던 새마을운동의 기반 조성은 잘 진행되고 있는 듯했지만, 차준후가 바라는 건 원 역사보다 더 개선된 새마을운동이었기에 그것만으로는 부족했다.

그래서 차준후는 부족한 점은 없는지 알아보기 위해 시간이 날 때마다 새마을운동이 진행되고 있는 농촌을 방문했다.

그리고 오늘도 한 농촌을 방문했는데, 오늘 방문한 마을은 이안 마을이라는 곳이었다.

"혹시 부족한 건 없으십니까?"

"다 부족하지요. 정부에서 가져다준 물건들은 닷새면 모두 사라집니다."

"차차 지원 물량이 늘어날 테니 조금만 기다려 주십시오."

"아이고, 얼마나 기다려야 하는 겁니까? 혹시 다른 곳에서 조금 빼서 이쪽으로 보내 주시면 안 되겠습니까?"

이안 마을 이장의 말에 차준후가 미간을 좁혔다.

"다른 마을들도 다 상황은 똑같습니다. 다른 분들을 어렵게 하고 이쪽을 도울 수는 없는 일입니다."

"죄송합니다. 제가 생각이 짧았네요."

차준후의 날 선 목소리에 마을 이장이 고개를 숙였.

새마을운동에서 더 좋은 성과를 거둘수록 보상이 있다 보니 그만 어리석은 욕심을 내고 말았다.

마을 이장은 혹시나 자신의 발언으로 차준후가 더 이상 이안 마을을 돕지 않는 건 아닐지 심장이 덜컥 내려앉았다.

그 기색을 읽은 것일까. 차준후가 가만히 마을 이장을 바라보더니 말을 이었다.

"나쁜 뜻을 품고 하신 말씀은 아니리라 믿겠습니다. 어려움이 많으시죠?"

"물량이 적다 보니 주민들이 서로 가져가려고 난리입니다. 아직 지붕을 바꾸지 못한 사람들 중에는 길길이 날뛰는 사람도 있고요."

이장이 하소연을 했다.

아직 정부에서 확보한 물량이 넉넉치 않다 보니 각 마을에 배정된 지붕이 집집마다 전부 초가지붕을 함석지붕으로 바꿀 수 있을 만큼 충분하지 못했다.

이 탓에 주민들끼리 너도나도 서로 먼저 지붕을 교체하겠다며 다툼이 벌어지기도 했다.

새나라자동차

　새마을운동이 진행되며 다양한 물자가 농촌에 지원되었지만, 당연하게도 단번에 모든 것을 바꿀 만큼 물자가 충분할 리가 없었다.
　그렇다 보니 사람들이 선호하는 물자에 관심이 쏠릴 수밖에 없었고, 그중 농민들이 가장 선호하는 것 중 하나가 바로 함석지붕이었다.
　초가지붕을 걷어내고 설치하는 함석지붕은 실용적이면서 시각적으로도 보기 좋았다.
　매년 가을철 벼수확이 끝나면 썩어 버린 초가지붕을 수선하는 건 번거로우면서 노동력이 많이 들어가는 커다란 일이었는데, 함석지붕으로 바꾸면 그럴 일이 사라진다. 이제 초가지붕에서 꿈틀거리며 나오는 굼벵이를 보지 않아도 됐다.

"함석지붕 공장에 생산 물량을 늘려 달라고 이야기를 해 뒀습니다. 시간이 지나면 생산 물량이 늘어나서 더욱 많은 함석지붕이 배정될 겁니다."

최근 시간이 날 때마다 여러 농촌을 돌며 농민들이 무엇을 가장 필요로 하는지 파악해 뒀던 차준후는 이미 함석지붕에 대해 정부에 따라 언질을 준 상태였다.

함석지붕 생산업체들은 정부의 요청에 생산 물량을 파격적으로 늘렸고, 얼마 지나지 않아 함석지붕만큼은 충분한 물량이 보급될 수 있을 것으로 보였다.

"아주 좋은 소식이네요. 감사합니다."

"이안 마을에 많은 물량 배정될 수 있도록 힘써 보겠습니다."

이안 마을은 새마을운동에 매우 협조적인 곳이었다. 많은 보상이 뒤따른다고 해도 분명 쉽지 않은 일일 텐데, 주민들 모두 굉장히 열성적으로 새마을운동에 동참했다.

"식사는 하셨습니까?"

"아니요. 이 근처에서 보리밥을 잘한다는 식당을 예약해 뒀습니다."

"아, 아쉽네요. 저희가 식사를 준비해 뒀는데……."

이장이 안타까워했다.

들려오는 소문에 의하면 신도 마을이라는 곳이 차준후

에게 식사를 대접하고 농기계 대여점을 마을에 유치할 수 있게 됐다고 했다.

내용만 보면 말도 안 되는 뜬구름처럼 허황된 소문이었지만, 거기에 얽힌 인물이 차준후라면 이야기가 달랐다.

차준후는 그럴 수 있는 힘을 가진 인물이었다.

이안 마을의 이장은 이안 마을에도 농기계 대여점을 유치할 수 있지 않을까 싶어 식사를 준비했기에 차준후가 거절하자 진한 아쉬움을 드러냈다.

"다음에 기회가 닿으면 함께 식사하시죠. 바로 뒤에 약속이 있어서요."

시간이 있었다면 마다하지 않았을 테지만, 바로 뒤에 스케줄이 있는 탓에 어쩔 수 없이 거절한 차준후였다.

최근 차준후는 새마을운동이 진행되고 있는 농촌을 관할지로 두고 있는 지방 단체에서 수많은 연락을 받고 있었다. 도움을 달라는 요청이었다.

수차례 농촌을 드나들며 이젠 농민들이 무엇을 필요로 하는지 어지간한 공무원들보다 빠삭하게 파악하고 있는 차준후였고, 그것을 도울 능력도 있었다.

그에 공무원들은 관련하여 차준후에게 조언도 받고, 물자도 지원받는 등 다양한 도움을 받았다.

새마을운동은 정부에서 주도하는 국가사업이었지만,

이면에서 차준후가 끼치는 영향력이 상당했다.

「하루가 다르게 달라지는 새마을운동 시범 마을들.」
「우리 마을이 달라졌어요.」
「새마을운동! 정말로 이름 그대로인 새마을운동.」
「대한민국도 잘살 수 있다.」

 그리고 그러한 차준후의 노력 덕분에 새마을운동은 원 역사보다 긍정적으로 변화하고, 농민들에게 긍정적인 인식을 심어 주는 데 성공했다.
 그리고 이러한 결과는 다른 농촌 마을까지도 이어졌다.
 "이봐! 옆집 마을 가 봤어?"
 "가 봤지. 초가지붕들이 함석지붕으로 바뀌어 있더라고. 햇빛에 비치는 지붕들이 번쩍번쩍해서 눈이 부시더라."
 "공동 우물도 아주 멋지게 정비했어. 우물 옆에 공동 빨래터에서 아낙네들이 얼마나 좋은지 마구 웃고 있던데."
 "우리 마을은 왜 새마을운동을 안 하는 거야?"
 "이장이 새마을운동을 해 보겠냐는 면사무소 직원의 제안에 시큰둥했어."
 "미친 거 아냐?"
 "이장 말로는 일만 시킬 것 같아서 싫다고 했더라고."

노동력을 제공해야 한다는 것에 불만을 가진 이장이었다. 그렇지 않아도 힘든데 임금을 받지 못하고 국가사업에 마을주민들이 동원된다는 사실을 고깝게 본 것이었다.

그래서 거절을 하였는데, 그것이 커다란 실수였다.

그들 마을보다 낙후됐던 이웃 마을이 새마을운동을 통해 새롭게 변화하였고, 훨씬 더 살기 좋게 바뀌었기 때문이었다.

그 때문에 이장에 대한 주민들의 원성이 높아졌다.

"이번에 이장을 바꿔야겠네."

"10년 넘게 하던 이장을?"

"30년을 했어도 잘못했으면 바꿔야지. 이번에 새마을운동에 적극적으로 협조하는 이장을 세워 보자고."

"자네가 해 봐."

"내가?"

"잘할 수 있을 것 같네."

"좋아. 내가 이장 후보로 나설 테니까 밀어주게."

전국의 농촌이 새마을운동으로 인해 들썩거렸다.

* * *

새마을운동이 어느 정도 안정 궤도에 오르자 차준후는 오랫동안 미뤄 뒀던 스카이 포레스트 미국 법인의 사업을 살펴보기 위해 미국으로 떠났다.

그리고 그가 떠나자마자 군사정부는 기다렸다는 듯이 그동안 은밀하게 추진하던 일을 거침없이 진행시켰다.

군사정부는 차준후의 도움 아래 여러 혁신적인 정책을 진행시키며 국민들의 호응을 얻었지만, 물밑에서는 여전히 많은 부정부패가 이루어지고 있었다.

대한민국의 경제는 빠르게 발전했지만, 대부분의 국민들은 여전히 빈곤과 압제에 시달리고 있었다. 실업자들은 여전히 넘쳐 났고, 일용 근로자들은 하루하루 먹고사는 데 급급했다.

기득권층은 자신들이 손에 쥔 것을 놓지 않기 위해 수단과 방법을 가리지 않았고, 경제 발전의 과실이 이들에게 과도하게 흘러갔다.

특히 민권 이양을 대비해서 정치 자금을 만들던 중앙정보부를 비롯한 박정한 친위 세력들이 가장 대표적이었다.

군사정부는 국가 재건 방안 중 하나로 자동차 공업 보호 육성법을 제정 및 공표했다.

외산 자동차 및 해외 부품의 수입을 제한하고 국산화율을 의무화해서 국내 기업들을 성장시킨다는 이 법의 취지는 좋았다.

그렇지만 중앙정보부는 이 법을 교묘하게 악용하는 일을 벌이고 있었다.

김종팔이 한일회담을 위해 일본으로 건너갔을 때, 일본 무역상사의 사장인 재일교포 박정노를 만나 자동차 공업에 대한 이야기를 주고받은 적이 있었다.

박정노는 회사의 안규석 전무를 대한민국에 보냈고, 중앙정보부 차장보 석선정과 접촉했다.

"새나라자동차 회사의 설립은 어떻게 되어갑니까?"

"상공부에서 설립 허가가 떨어졌습니다."

"안 된다고 난리 치더니 결국 허가를 내줬군요. 다행입니다."

"중앙정보부가 나서서 안 될 일은 없습니다. 해외 자본의 국내 투자라는 명목을 내밀어서 통과시켰습니다."

상공부에서는 새나라자동차 설립에 크게 반대했다. 일본 자동차가 국내에 들어온다는 것 자체가 국민들의 반대가 심할 것이 분명했고, 또 자동차 공업 보호 육성법에 어긋난다는 점을 내세웠다.

그럼에도 불구하고 상공부는 중앙정보부의 압박에 항복할 수밖에 없었다. 극렬하게 반대하던 사람들은 공직사회에서 떠나야만 했다.

상공부에서 정식으로 허가한 명칭은 새나라자동차공업 주식회사였다.

"수입할 차량들 수량은 정해졌습니까?"

"우선 관광용 자동차 400대로 결정했습니다."

"400대요? 적지 않습니까? 수량을 조금 더 늘리면 좋겠습니다만."

"400대만 해도 현 대한민국의 경제 상황에는 무리한 측면이 있습니다. 추가 물량은 상황을 지켜보면서 결정합시다."

"음…… 알겠습니다. 그러시죠. 그나저나 회사 부지는 어디로 선정하실 계획입니까?"

안규석이 물었다.

이번 새나라자동차 사업은 무역사뿐만 아니라 일본의 자동차 회사와 긴밀하게 연결이 되어 있었다.

일본의 소형 승용차 모델인 블루버드를 새나라자동차공업 주식회사에서 생산하기 위한 라이선스 계약도 이미 끝마친 상황이었다.

"인천입니다. 인천 부평에 주인이 없는 자동차 공장이 하나 있습니다."

일제강점기 시절에 일본의 군용 차량을 생산하던 공장이 인천 부평에 위치해 있었다.

해방 이후 주인이 사라진 자동차 공장을 군사정부에서 관리하고 있었는데, 새나라자동차가 이번에 그 공장을 차지하게 되었다.

새나라자동차공업 주식회사는 설립하자마자 커다란 이익을 누리게 됐다. 그리고 이 이득의 일부는 다시금 중앙정보부와 군사정부로 흘러 들어오는 구조였다.

「일본 블루버드 자동차 국내 상륙.」
「일본 자동차 블루버드. 대한민국의 도로를 달린다.」
「갑작스러운 일본 자동차 국내 등장. 이런 일이 벌어진 배경은 무엇인가?」
「새나라자동차공업 주식회사. 토종 기업이 맞는가?」

국내 자동차 기업과 업자들의 격렬한 반대에도 불구하고 부산항을 통해 일본의 자동차 블루버드 완제품이 400대나 면세로 들어왔다.
군사정부는 새나라자동차공업 주식회사에 사실상 자동차 공업을 독점할 수 있는 특혜를 줬다.
"일본 놈들이 차량을 잘 만드네."
"외관 형태가 아주 멋있어."
"직접 타 보면 환상적이야. 엉덩이가 아프지 않더라."
"핸들이 아주 예술적으로 움직여."
이 당시 대한민국에서는 국제차량제작이라는 회사에서 생산한 시발 자동차가 상류층에게 큰 인기를 끌고 있었지만, 일본의 승용차가 들어온 이상 더 이상 경쟁력이 없었다.
어떤 면에서도 도저히 시발 자동차가 일본의 블루버드

를 따라갈 수가 없었다.

새나라 블루버드는 새나라 양장미인이라는 별명이 따라붙었다.

그러나 1962년 5월, 국내에서 아시아 영화제가 개최되며 외국 귀빈들의 편의를 위한다는 명목으로 군사정부는 블루버드 400대를 몽땅 일반 택시로 전환시켜 버린다.

그러자 서울의 택시 회사들은 그동안 시발 택시를 운용하였는데, 곧바로 블루버드 자동차를 주문하기 시작했다.

"차는 국산보다 일제가 좋아."

"손님들도 블루버드 자동차를 더욱 선호하더라."

"하루 벌어들이는 수익 자체가 달라."

"블루버드 택시들로 바꿔."

택시 회사들이 블루버드 자동차를 주문하였다. 그동안 정부 눈치를 보느라 국산 시발 택시를 운용하였지만 이제는 그럴 필요가 없었다.

관광용으로 들여온 블루버드 자동차가 거의 전량 택시 회사들로 흘러 들어갔다. 세련된 디자인과 승차감이 좋은 블루버드 택시는 이용하는 승객들에게 곧바로 좋은 점수를 받았다.

시발 자동차의 몰락이었다.

시발 자동차의 판매 시장 가운데 큰 몫을 차지하는 택시 회사들이 일본 자동차인 블루버드를 선택하였고, 그

여파는 엄청났다.

시발 자동차의 가격이 엄청나게 떨어졌다. 이제 막 태동하기 시작한 국내 자동차 업계에 엄청난 충격과 파장을 일으킨 새나라자동차 사건이었다.

그리고 이건 시발 자동차만의 문제가 아니었다.

시발 택시를 몰고 있는 택시기사들에게도 목숨이 달린 중대한 문제였다.

"일본 블루버드의 수입을 금지하라!"

"못살겠다! 시발 택시를 몰다가 졸지에 거지가 되어 버렸다!"

"군사정부는 책임져라!"

"블루버드 택시는 사라져야 마땅하다!"

시발 택시를 몰던 택시기사들이 엄청난 피해를 입었다. 그도 그럴 것이 300만 환을 주고 샀던 시발 택시들이 한순간에 50만 환까지 엄청나게 폭락했기 때문이었다. 시발 택시를 거액을 주고 샀던 택시업자들은 한순간에 손해를 떠안아야만 했다.

택시기사들이 격렬하게 시위를 벌였지만 별다른 소용이 없었다.

군사정부는 더욱 많은 블루버드를 수입하기 위한 작업에 착수했다.

「새나라 택시에는 택시미터가 부착되어 있습니다. 그동안 택시 요금으로 많은 시비가 붙었는데, 이제 새나라 택시를 타면 싸울 일이 없습니다. 정부는 국민 여러분의 민생 문제를 해결하기 위해 노력하고 있습니다.」

갑작스러운 일본 자동차 수입을 둘러싸고 언론과 국민들로부터 의혹을 받고 있는 새나라자동차였다. 새나라자동차와 군사정부에서는 이런 의혹을 해결하기 위해 여러 가지 주장을 하고 있었다.

「국내 자동차 업체들의 성장을 위한 연구용으로 블루버드 자동차들을 제공할 계획입니다.」

군사정부의 말과 달리 국내 자동차 업체들은 새나라자동차로 인해 고사 직전에 내몰리고 있었다. 자동차 산업을 뿌리째 흔들리게 만들었고, 결국 시발 자동차를 만들던 국제차량제작까지 휘청거렸다.

* * *

차준후가 귀국했다.
미국에서 잠시 머물다가 돌아왔는데, 대한민국에 엄청

난 문제가 터져 버렸다. 4대 의혹 사건 중 하나인 새나라자동차 사건이 툭 하고 튀어나온 것이었다.

군사정부의 대표적인 부정부패인 4대 의혹 사건을 사전에 막으려고 했고, 그중 증권파동은 일찌감치 개입해서 발생하지 않게 만들었다.

그런데 설마 잠시 미국에 간 그 짧은 사이에 군사정부에서 새나라자동차를 세우고 일본 자동차 수입을 진행시킬 줄은 미처 예상치 못했다.

"새나라자동차 회사가 설립되고 일본의 자동차 블루버드가 수입되고 있다는 말이군요."

"지금까지 400대가 들어왔고, 추가로 2,000대를 더 수입할 계획이 있다네요."

실비아 디온이 차량 뒷좌석에서 보고를 하고 있었다.

차준후는 미국에 돌아오자마자 비서실에 현 상황에 대해 면밀한 조사를 요청했다. 다행히 상공부에서 근무하고 있는 홍종오를 통해 관련 자료들은 어렵지 않게 손에 넣을 수 있었다.

중앙정보부의 압박에 마지못해 승인을 내긴 했지만, 여전히 상공부에는 일본 블루버드 수입에 반대하고 있는 이들이 상당수 남아 있었다. 홍종오도 그러한 이들 중 한 명이었다.

이들은 내심 차준후가 이번 일을 해결해 줄 수 있지 않을까 하는 기대를 품고 있었다.

"음! 그 많은 물량이 들어오면 국내 자동차 산업에 영향이 엄청날 텐데요."

"그렇지 않아도 이미 국제차량제작은 은행에 대출을 신청했어요."

국제차량제작은 대한민국에서 최초로 상용차를 생산해낸 회사로, 아직 부족한 점은 많지만 열악한 환경 속에서도 이만한 성과를 냈다는 점에서 더욱 높이 평가할 만한 곳이었다.

그런데 이런 기업이 군사정부의 욕심 탓에 무너지려고 하고 있었다. 이건 대한민국 자동차 공업 발전을 크게 저해하는 일이었다.

"한 번 무너진 자동차 산업을 다시 되살리려면 가시밭길을 걸어야만 하는데…… 군사정부가 정치 자금을 마련하기 위해 무리수를 뒀군요."

차준후가 안타까워했다.

실제로 원 역사에서 새나라자동차 사건은 막대한 국가 예산을 낭비했을 뿐만 아니라, 대한민국의 자동차 산업을 무너뜨리며 향후 20년이 넘는 세월을 외국계 기업에 휘둘리는 상황을 초래한다.

정부의 개입으로 한 번 망가진 산업은 언제든 같은 일이 되풀이될 수 있다는 생각에 자동차 산업에 거액을 투자할 기업과 사업가가 나오기 힘들어지고 말았다.

"국제차량제작 박운성 사장님이 대표님을 만나고 싶어 하세요."

박운성은 군사정부에 블루버드를 수입함으로써 발생할 수 있는 문제를 여러 차례 지적하며 수입 철회를 호소했지만 군사정부는 무시로 일관했다.

시간이 지날수록 국제차량제작의 재정 상황은 어려워지고 있었다. 당장은 어떻게든 버티고 있었지만, 지금과 같은 상황이 계속 이어진다면 국제차량제작은 도산할 수밖에 없었다.

그에 박운성은 어떻게든 살아남기 위해 차준후에게 만남을 청하고 있었다. 상공부와 마찬가지로 차준후라면 작금의 상황을 해결해 줄 수 있지 않을까 기대하고 있는 것이었다.

"음!"

차준후가 침음을 흘렸다.

현재 국제차량제작이 처한 상황은 분명 안타까웠다.

그러나 여기에 개입한다는 건 섣불리 결정할 수 있는 일이었다.

원 역사에서 국제차량제작이 사라진 후 시간이 흘러 그 빈자리를 메우듯 새롭게 등장했던 기업들. 21세기에 세계적으로 명성을 떨칠 그 기업들의 행보에 영향이 갈 수도 있기 때문이었다.

만일 이번에 국제차량제작을 도움으로써 그러한 기업들이 탄생하지 않을 수도 있다는 점을 감안하다면 아무래도 조심스러울 수밖에 없었다.

잠시 고민에 잠겼던 차준후는 우선 국제차량제작의 사장 박운성을 만나 보기로 마음먹었다.

"한번 만나 보겠습니다."

"바로 약속을 잡을게요."

국제차량제작 업체가 살아남을 수 있는 자리가 만들어지려고 했다.

* * *

"젠장! 망할 놈의 정부."

박운성이 욕을 내뱉었다.

평소 걸걸한 성격이기는 하지만 욕을 하지는 않는 성격이었다. 그렇지만 지금은 욕을 내뱉지 않으면 속에서 치밀어 오르는 분노를 감당할 수 없었다.

그는 도로 위를 내달리는 자동차가 가득한 대한민국의 미래를 봤다. 그리고 그런 미래를 만들기 위해 열심히 달렸다.

버려진 미국 폐차를 분해한 뒤 그 부품을 재조립해 대

한민국 최초로 상용차를 만들어 냈고, 여러 시행착오 끝에 국산 엔진 제작까지 성공했다.

대통령상까지 수상하고, 대한민국 상류층들의 주문이 빗발치며 이제는 장밋빛 미래만 있는 줄 알았다.

그런데 느닷없이 재일교포가 세웠다는 새나라자동차라는 기업에서 일본 자동차, 블루버드를 수입해 오기 시작하며 좋은 날이 완전히 끝나 버렸다.

"내가 여기까지 어떻게 왔는데……."

심지어 불과 얼마 전까지만 하더라도 주문이 밀릴 정도인 탓에 은행에서 대출까지 받아 공장 규모를 크게 확대한 상황이었다.

그동안 벌어들인 돈을 모조리 털어 넣었을 뿐만 아니라, 제법 큰돈까지 대출한 탓에 부담이 적지 않았지만 걱정하지 않았다.

시발 자동차는 매우 비싼 값에 판매되고 있었기에 몇 대만 팔아도 은행 대출금을 갚는 건 문제도 아니었다.

……그런데 문제가 터지고 말았다.

주문량이 늘어난 탓에 공장 규모를 키웠는데, 주문을 예약했던 손님들이 예약을 취소하기 시작했고 그 탓에 기껏 생산한 시발 자동차에는 먼지만 쌓이고 있었다.

이대로라면 그동안 번 돈을 모두 날리는 것은 물론이고, 은행 대출을 상환하지 못해 빚더미에 깔릴 판국이었다.

과도한 투자가 부메랑이 되어 박운성과 국제차량제작의 목을 졸라 왔다.

"은행에서 대출금을 회수할 수도 있다는 연락이 왔어."

"망할 놈들! 돈 빌려 가라고 할 때는 언제고, 어려워졌다고 곧바로 안색을 바꾸는 거야!"

"대출금을 갚을 수 있는 현금이 없어."

"정 안 되면 사채시장이라도 찾아가야지."

"빌려줄까?"

"여의도 사채귀신을 찾아가면 빌려줄지도 몰라. 어렵고 힘들 때 찾아오라고 했으니까."

"그때와는 상황이 바뀌었잖아."

"그렇다고 가만히 앉아 있을 수만은 없잖아. 어떻게든 내가 재기의 발판을 마련할 테니 믿고 기다려."

동업을 하고 있는 친구가 내뱉는 앓는 소리에 큰소리를 쳤지만, 사실 박운성의 마음도 무너지는 중이었다.

오랫동안 알고 지낸 거래처와 관공서, 정치인들을 만나고 도움을 청했지만, 시발 자동차가 잘 팔릴 때는 쓸개도 빼줄 것처럼 굴던 사람들이 안색을 싹 바꾸고 매정하게 박운성의 손길을 내쳤다.

배신감에 몸을 떨어야만 했다.

이제는 더 찾아갈 곳도 없었다. 어디를 둘러봐도 솟아

날 길이 보이지 않았다.
 하늘이 무너져도 솟아날 구멍이 있다고 하던데…….
 따르릉! 따르릉!
 전화기가 요란하게 울렸다.
 박운성이 선뜻 전화기에 손을 가져가지 못했다. 평소라면 아무렇지 않게 전화를 받았겠지만 근래에는 좋지 않은 소식들만 들려왔기 때문이었다.
 "국제차량제작 박운성 사장입니다."
 - 안녕하세요. 스카이 포레스트 비서실입니다.
 "스카이 포레스트 비서실이요?"
 앉아서 전화기를 들고 있던 박운성이 벌떡 일어났다.
 그의 말에 앞에 앉아 있던 동업자도 상기된 표정을 지었다.
 어렵고 힘든 국내 기업에 도움의 손길을 내밀기로 유명한 스카이 포레스트였다. 스카이 포레스트는 이제 그들에게 남은 유일한 동아줄이었다.
 그러나 차준후의 도움을 필요로 하는 기업과 사업가는 구름처럼 많았고, 그들 중 차준후와 만나게 되는 이들은 극히 적었다.
 그런데 박운성은 하필이면 때마침 차준후가 미국으로 건너가 있는 탓에 애초에 만날 기회조차 차단당하고 말았다.

그에 사채시장까지 알아보게 되었던 것인데, 이렇게 스카이 포레스트에서 먼저 연락이 온 것이다.

- 차준후 대표님께서 사장님을 한번 만나 뵙길 원하십니다. 언제 시간이 괜찮으신가요?

"전 언제든 괜찮습니다! 차준후 대표님께서 가능하신 최대한 빠른 시간이었으면 좋겠습니다."

박운성은 다시 살아날 수 있다는 희망을 품었다.

차준후의 도움을 받고 성공하지 않은 기업이 없었다. 아니, 많은 도움은 바라지도 않았다. 그저 이번 위기만 넘길 수 있도록 도와준다면 얼마든지 재기할 자신이 그에겐 있었다.

- 그러면 혹시 지금 바로 본사로 와 주실 수 있나요? 오늘 대표님께서 회사에 계실 예정입니다.

"물론이지요. 바로 달려가겠습니다."

전화를 끊은 박운성이 주먹을 불끈 쥐었다.

"차준후를 만나러 가는 거야?"

"기다리고 있다고 하더라."

"잘해 봐라. 차준후 대표에게 국제차량제작의 운명이 달려 있어."

"믿고 기다려. 국내 최초의 완성차 업체를 만든 사람이 바로 나야."

박운성이 운전하는 시발 자동차가 빠른 속도로 스카이

포레스트가 있는 용산으로 질주했다.

* * *

"처음 뵙겠습니다. 국제차량제작의 박운성입니다."
"차준후입니다."
스카이 포레스트 대표실에서 박운성이 차준후를 만났다.
바로 눈앞의 사업가가 현재 대한민국에서 가장 잘나가는 사업가로, 무소불위의 권력을 휘두르는 박정하 의장에게도 유일하게 쓴소리를 할 수 있는 인물이었다.
'나와 달리 정말로 대단한 사업가지.'
박운성은 차준후를 존경했다.
여느 대기업의 회장들조차 눈치를 보는 군사정부가 도리어 눈치를 보게 만들 정도로 대한민국 경제에 지대한 영향력을 지닌 차준후!
부러웠다.
사업을 하려면 차준후처럼 해야만 하는데…….
군사정부의 눈치를 봐야만 하는 그와는 질적으로 다른 사업가가 바로 차준후였다.
"염치 불구하고 도움을 원해서 찾아왔습니다."
"어려운 사정은 들어서 알고 있습니다."

차준후가 답했다.

그의 담담한 목소리에 박운성은 바짝 긴장했다. 차준후가 무슨 말을 꺼내느냐에 따라 국제차량제작의 운명이 정해지는 것이었으니 긴장되지 않을 수 없었다.

박운성은 마른침을 삼키며 입을 열었다.

"이번 일본 자동차 수입은 국내 자동차 산업의 발전을 해치는 잘못된 정책입니다."

"저도 동의합니다."

"그렇습니까? 그러면 혹시 이번 일에 대해 군사정부에 말씀 좀 해 주실 수 있으신지요?"

"말 한마디 하는 것이 뭐가 어렵겠습니까?"

박운성의 얼굴이 상기됐다.

차준후의 말 한마디면 국제차량제작의 사면초가와도 같은 상황이 바뀔 수도 있었다. 군사정부에서 새나라자동차를 밀어주지 않고, 일본 자동차를 수입하지 않으면 국제차량제작의 앞날이 밝아질 수 있었다.

"부탁드리겠습니다."

"하지만 시발 자동차의 품질이 일본의 블루버드에 비해 부족한 점이 많은 건 사실입니다. 그런데 무작정 일본 자동차 수입을 금지시키는 것은 국민들에게 더 좋은 자동차를 선택할 수 있는 기회를 박탈하는 거나 마찬가지죠."

일본에 대한 감정이 최악임에도 불구하고 블루버드는 불티나듯 팔려 나가고 있었다. 오히려 없어서 못 팔 지경이었다.

그만큼 시발 자동차는 블루버드에 비해 품질이 떨어졌고, 자유시장경제의 원리에 따라 시발 자동차가 밀려나고 있을 뿐이었다.

이것은 단순히 일본 자동차의 수입을 막는 것으로 해결할 문제가 아니었다.

근본적인 문제를 해결하지 않으면 이런 사태는 언제든 다시 벌어질 수 있었고, 언제까지고 국민들이 더 나은 자동차를 선택할 기회를 빼앗을 수도 없었다.

"아! 그건 그렇지만……."

당황한 박운성이 말을 제대로 잇지 못했다. 일본 자동차와 시발 자동차는 하늘과 땅 차이라는 걸 누구보다 그가 잘 알았다.

'이대로 끝인가?'

그의 고개가 숙여졌다.

눈물이 날 것만 같았다.

"제가 도우면 국제차량제작이 살아나는 걸 넘어서 더욱 발전할 수 있는 길이 있습니까?"

차준후가 물었다.

박운성은 이번 질문에 대한 대답이 대단히 중요하다는

걸 깨달았다.

"국제차량제작은 이제 막 자동차 시장에 발을 내디딘 신생 기업입니다. 솔직하게 평가하자면 제대로 된 기술조차 가졌다고 말할 수조차 없겠지요. 그러나 계속해서 노력한다면 세계 시장에서도 국제차량제작의 이름을 알릴 수 있다고 생각하고 있습니다."

박운성이 평소 가지고 있던 생각을 가감 없이 이야기했다.

이야기를 모두 들은 차준후는 잠시 생각에 잠기더니 이내 입을 열었다.

"혹시 미국 업체와 기술 제휴를 맺을 생각은 있습니까?"

"못해서 문제지요. 저희 쪽에서 간절히 원해도 해외 자동차 기업에서 거절하고 있는 실정입니다."

기술 제휴도 어느 정도 거래를 틀 수 있는 조건이 맞아야만 한다. 국제차량제작은 해외 자동차 기업들의 최소한의 조건조차 맞추지 못했다.

"그렇다면 저희 쪽에서 알아봐 드리죠."

차준후는 고심 끝에 국제차량제작을 돕기로 결정했다.

만약 박운성이 별다른 비전을 갖고 있지 않은 인물로 보였다면, 안타깝지만 원 역사와 마찬가지로 흘러가도록 지켜볼 생각이었다.

그러나 박운성은 국제차량제작의 부족한 점을 인정할 건 인정하고, 이를 개선하고 더욱 발전하기 위한 열정을 보였다.

스스로를 과신하지 않고 노력하는 사람을 좋아하는 차준후는 그 모습에서 새로운 도전을 해 보고자 마음먹었다.

그리고 무엇보다 20년이 넘는 세월 동안 외국 자동차 업체들이 국내 시장을 좌지우지하는 꼴을 보고 싶지 않았다.

국제차량제작이 역사에서 사라지지 않음으로써 미래가 어떻게 바뀔지는 모르겠지만, 국내 자동차 시장이 침체를 피하고 발전할 수 있는 선택이리라 믿어 의심치 않았다.

"감사합니다."

박운성이 고개를 숙였다. 부족해서 자리에서 일어나 허리까지 숙였다.

"이러지 마세요. 부담스러우니까 앉아서 이야기하시죠."

"알겠습니다."

박운성이 재빨리 앉았다.

허리를 꼿꼿이 세우고, 두 손을 무릎 위로 올려놓았다. 가장 경건한 자세로 차준후의 이야기에 귀를 기울였다.

"원하시는 미국 자동차 업체가 있습니까?"

"저희 쪽에서 고를 수 있는 겁니까? 어느 기업이라고 해도 만족입니다."

미국에는 포드, GM, 크라이슬러 등 세계 시장을 선도하는 세계적인 자동차 제조사들이 여럿 있었다.

어느 곳이라고 해도 얻을 수 있는 기술이 많았고, 그 기술들을 습득하면 국제차량제작이 일본 자동차 업체들과의 간격을 줄이는 게 가능했다.

"그러면 가장 조건이 좋은 기업과 조율해 보겠습니다."

"그런데 그 기업들이 정말 저희와 기술 제휴를 해 줄까요?"

솔직히 박운성은 자신이 없었다. 아무리 차준후가 밀어준다고 해도 미국 굴지의 대기업들이 아무것도 가진 게 없는 국제차량제작과 기술 제휴를 맺어 줄 것이라는 생각이 들지 않았다.

"뭐가 문제입니까? 미국이 싫다고 하면 유럽으로 가면 그만입니다. 유럽의 기업들도 미국 못지않습니다. 그만한 돈을 지불하고 기술을 제휴받는 동등한 거래니 그렇게 스스로를 낮출 필요는 없습니다."

"예? 아니, 지금 저희 회사에는 그럴 만한 돈이……."

가뜩이나 갚지 못한 은행 대출금도 잔뜩 있는 국제차량제작이었다. 기술 제휴를 위해 쓸 돈이 있을 리가 없었다.

"돈은 걱정하지 마십시오. 비용은 전부 스카이 포레스트에 부담할 테니까요. 대신 국제차량제작이 크게 성공하면 이자까지 쳐서 받아낼 겁니다."

박운성의 얼굴에 화색이 돌았다.

당면한 문제만 해결해 주더라도 더 바랄 게 없었는데, 기술 제휴를 해 줄 기업과 연결시켜 줄 뿐만 아니라 그 비용까지 모두 부담해 준다니.

물론 나중에 갚아야 할 돈이지만, 국제차량제작이 그만큼 성공할 수 있으리라 믿고 투자해 주는 것이기에 고마운 마음이 들 수밖에 없었다.

'이것이 세계적인 사업가의 정신이구나.'

뭔가 그와 차준후는 바라보는 방향이 달랐다.

그리고 그 차이가 사업가적인 정신이나 태도를 가르는 것일지도 모른다고 여겼다.

감탄을 하던 박운성은 무언가 결심을 한 듯 굳은 목소리로 입을 열었다.

"혹시 이번 투자를 지분 투자로 하시는 건 어떠신가요?"

박운성이 조심스럽게 제안했다.

지금 가치가 떨어진 국제차량제작 지분을 가져가라고 해서 무척이나 송구스러웠다. 못된 제안을 했다고 욕을 먹을 수도 있었다.

"지분이요?"

"네."

"왜 갑자기 지분 참여를 말씀하시는 건지 모르겠군요."

"제가 이번 일로 많은 걸 느꼈습니다. 전 기술자로서의 능력은 있을지 몰라도, 사업가로서는 많은 점이 부족하다는 걸요. 이번 일도 제가 사업가로서의 능력이 조금만 더 뛰어났더라도 이 정도 위기에 처하지는 않았을 겁니다."

"누구나 다 성장의 과정은 있는 겁니다. 세계적인 대기업들도 다 처음은 있으니까요."

이번에 일본에서 수입한 블루버드는 일본에서도 가장 역사가 깊은 기업 중 한 곳에서 제조한 차량이었다. 아직 상용차를 만들기 시작한 지 10년도 채 안 된 국제차량제작과 기술력 차이가 큰 게 당연했다.

중요한 건 당장은 다소 뒤처지더라도 언젠가는 다른 해외 기업들마저 따라잡을 수 있을 만큼 성장할 수 있는 기반과 역량을 갖추고 있느냐 하는 것이었다.

그리고 차준후는 국제차량제작이 그러한 역량을 갖추고 있다고 판단했고, 부족한 기반은 스카이 포레스트에서 메워 줄 생각이었다.

"누구나 다 처음은 있는 거겠죠. 하지만 그걸 소비자들이 생각해 줄 이유는 없는 거 아니겠습니까?"

맞는 말이었다.

소비자들은 당장 더 나은 제품을 선택하면 될 뿐, 부족한 기업이 어째서 부족한 것인지 생각해 줄 이유는 없었다.

"또다시 같은 상황이 벌어진다고 해도 제 능력으로 해결할 수 있을지 확신이 서질 않습니다. 그래서 저는 차준후 대표님께서 국제차량제작의 대주주로 계셔 주셨으면 하는 겁니다."

박운성이 고개를 숙이며 부탁했다.

차준후는 어렵지 않게 박운성이 의도하는 바를 알아차렸다.

국제차량제작은 이번 위기를 어떻게든 넘긴다고 해도, 만약 군사정부가 또다시 국내 자동차 시장을 뒤흔들 만한 정책을 내놓았을 때 언제든 다시 위기에 놓일 수 있었다.

그러나 만약 차준후가 국제차량제작의 대주주로 있는다면, 설령 그런 위기에 닥친다고 하더라도 어렵지 않게 빠져나갈 수 있으리란 기대가 있는 것이었다.

"국제차량제작의 지분은 앞으로 높은 가치를 지닐 수도 있습니다. 나중에 후회하지 않겠습니까?"

"그럴 일은 절대 없습니다. 대표님의 도움이 아니었다면 문을 닫았을지도 모르는 회사입니다. 이렇게 많은 도움을 주시는데 나중에 잘됐다고 해서 후회한다면 그건 사람도 아니지요."

박운성은 결심을 한 상태였다.

훗날 국제차량제작의 가치가 높아진다고 하더라도, 은인인 차준후가 이득을 보게 되는 것이니 오히려 그렇게나마 조금이라도 은혜를 갚을 수 있다면 다행인 일이라고 생각했다.

"그럼 국제차량제작의 지분을 가져오는 걸로 하지요."

차준후의 결정에 박운성의 얼굴이 밝아졌다.

이로써 원래라면 역사에서 사라졌을 국제차량제작이 계속 역사를 이어 나갈 수 있게 되었다.

　　　　　＊　＊　＊

중앙정보부 차장보 석선정이 스카이 포레스트 대표실로 들어섰다. 무소불위의 권력을 자랑하고 있는 중앙정보부였지만 딱 한 곳, 스카이 포레스트 앞에서는 맥을 추지 못했다.

"중앙정보부 차장보 석선정입니다, 차준후 대표님."

"아, 오셨군요! 앉으세요. 음료 드시겠습니까?"

차준후가 석선정을 맞이했다.

"괜찮습니다. 새나라자동차와 관련되어 하실 말씀이 있으시다고 해서 찾아왔습니다."

석선정은 차준후가 자신을 찾는다는 이야기를 듣자마

자 곧바로 달려왔다.

"이번 새나라자동차 사업에 중앙정보부가 깊숙하게 개입을 하신 거 같더군요."

"어디서 들으셨는지 모르겠지만 사실무근입니다."

"그렇습니까? 뭐, 좋습니다. 그렇다면 새나라자동차는 설립 과정에서부터 운영까지 심각한 문제점이 많은 것으로 보입니다만, 이건 알고 계시죠?"

"문제들이 있다면 차츰 들여다보면서 개선해 나가도록 조치하겠습니다."

"차츰 말이죠……. 새나라자동차를 운영하고 있는 재일교포 박정노가 자금을 전용하고 있다고 해도 말입니까?"

새나라자동차공업 주식회사의 대표로 있는 박정노는 벌어들인 이익을 은밀히 일본으로 보내고 있었는데, 이는 군사정부와 약속된 내용이 아니었다.

"박정노가 그런 말도 안 되는 짓을 저지르고 있다는 말씀입니까?"

석선정의 눈빛이 날카로워졌다. 방금 전까지 주눅 들어 있던 모습과는 달랐다.

차준후 앞에서 양처럼 순한 모습을 보이고 있었지만 그는 특수부대 출신으로 많은 작전에 참여한 정보요원이었다.

중앙정보부는 박정노를 계속 주시하고 있었지만, 그가

새나라자동차 ⟨149⟩

허튼짓을 하고 있다는 정보는 입수하지 못했다.

그렇지만 그건 허튼짓을 하고 있다는 정보가 없다는 것이지, 허튼짓을 안 하고 있다는 걸 뜻하는 건 아니었다.

그리고 심지어 이 이야기를 꺼낸 것이 다름 아닌 차준후였기에 더더욱 단정 지을 수 없었다.

눈앞의 사내는 결코 없는 말을 할 인물이 결코 아니었다. 문제가 있어도 정면으로 들이받았으면 들이받았지, 결코 잔수작을 부리지 않았다.

"박정노는 일본으로 건너가 종적을 감출 준비까지 하는 중입니다. 중앙정보부에서 이런 사실도 몰랐다니 실망이로군요."

"……."

석선정이 아무 말도 하지 못했다. 사실이라면 입이 열 개라도 할 말이 없는 실책이었으니까.

"어떤 이유로 새나라자동차의 설립과 운영에 중앙정보부가 개입한 것인지는 더 이상 관여하지 않겠습니다. 다만 현 상황을 방관한다면 박정노와 일본만 이득을 취하고, 우리나라는 엄청난 피해를 보게 될 겁니다. 그런 상황이 온다면 중앙정보부가 과연 책임을 질 수 있겠습니까?"

석선정은 아무런 대답도 하지 못하고 식은땀만 삐질삐질 흘렸다.

군사정부는 비밀리에 정치 자금을 마련하기 위한 목적

으로 새나라자동차를 통해 일본 자동차를 수입해 판매하였고, 그 과정에서 부당 이익을 챙겼다.

그 주역 가운데 한 명이 바로 석선정이었다.

새나라자동차를 통해 막대한 자금을 축적할 수 있었기에 내부적으로는 호평이 자자했지만, 차준후의 말대로라면 박정노와 일본에게만 좋은 일을 해 주는 꼴이었다.

만약 정말 그런 상황이 벌어진다면, 이번 일의 총책임자인 석선정이 박정하의 분노를 온전히 감당해야 할 터였다.

"윗분들에게 차준후 대표님의 이야기를 전달드리겠습니다. 그리고 박정노가 허튼 생각을 가지고 있는지 철저하게 조사하겠습니다."

물어본다고 해도 알려 줄 것 같지 않았다.

차준후가 어떻게 박정노의 행각을 알게 되었는지는 알 수 없었다. 물어본다고 해도 알려 줄 것 같지 않았다.

확실한 건 차준후에게 남모르는 정보원이 있다는 사실이었다. 그것도 중앙정보부조차 입수하지 못한 정보를 손에 넣을 만큼 뛰어난 능력을 갖춘 정보원이.

"대한민국의 국부가 일본으로 흘러 들어가지 않도록 조차하세요. 지켜보겠습니다."

차준후는 대한민국의 손해를 지켜보고 싶지 않았다.

* * *

 박정노는 머리 회전이 빠른 사내였다.
 젊은 시절 무역상사에서 일했을 당시부터 사뭇 남다른 성과를 내보였고, 끝내 자신의 무역상사를 세우기까지 한 인물이었다.
 그리고 그는 때마침 세계 시장이 활성화되며 적잖은 돈을 벌어들이게 되었다.
 거기서 그의 운은 끝이 아니었다.
 박정노는 중앙정보부와 새나라자동차 사업을 진행하게 되며 최전성기를 맞이하게 되었다.
 새나라자동차는 중앙정보부의 비호 아래 어마어마한 마진을 붙여 대한민국 시장에 자동차를 판매했고, 다른 외제차는 수입이 제한받는 와중이었기에 새나라자동차가 독점적으로 외제차를 판매하며 짧은 시간 사이에 엄청난 돈을 손에 거머쥘 수 있었다.
 "사장님, 정말 이익이 엄청납니다. 돈 벌기가 정말 땅 짚고 헤엄치는 것보다 더 쉽습니다."
 "중앙정보부에서 추가 물량에 대해서는 연락 왔어?"
 "2,000대를 생각하고 있다고 합니다."
 "엄청나군."
 "이처럼 대단한 사업일 줄은 몰랐습니다."

"자금들은 잘 은닉해 놓고 있지?"

"물론이죠. 절대 들키지 않도록 다양하게 분산시켜 놓고 있습니다."

새나라자동차의 운용 자금은 다양한 명목으로 나뉘어 과다하게 책정되어 있었는데, 이것이 바로 박정노가 일본으로 보내는 데 전용하고 있는 자금이었다.

"한몫 단단히 벌어서 뜨자고."

박정노는 이번 사업에 진심이지 않았다. 그저 한탕 벌려고만 했다.

일본에서 블루버드를 수입해서 대한민국에 판매하는 단순한 작업만으로도 막대한 돈을 벌어들일 수 있는 무척이나 좋은 사업이었지만, 그는 이 정도로 만족하지 못했다.

판매 수익 중 일부는 중앙정보부에 상납해야 하는 탓에 내심 불만을 품고 있던 박정노였다.

그래서 다양한 명목으로 새나라자동차 운영 자금을 뒤로 빼돌려 은닉하고 있었고, 그건 그를 따르는 안규석 전무도 마찬가지였다.

무엇보다 새나라자동차 사업은 길게 이어질 수 있는 사업이 아니었다.

시작부터 여기저기서 많은 문제가 제기되고 있어, 언제까지 군사정부가 방패막이가 되어 줄지는 알 수 없는 상황이었다.

 한마디로 모래성 위에 성을 쌓은 격이었다.

 그렇기에 박정노는 짧은 시간 사이에 최대한 많은 돈을 챙겨서 도망칠 기회만 엿보고 있었다.

 "물론입니다."

 끼리끼리 모인다고 그들은 대한민국을 등쳐서 사사로이 이익을 챙기려 하고 있었다.

 그렇게 두 사람이 사장실에서 즐겁게 이익에 대해서 대화를 나누고 있을 때였다.

 콰앙!

 대표실 문에 요란하게 열렸다.

 그리고 문을 박찬 석선정이 세 사람과 함께 안으로 들어섰다.

 "이게 무슨 짓이요?"

 박정노가 버럭 소리를 내질렀다.

 "무슨 짓은 네가 저질렀고."

 서늘한 석선정의 눈빛에 박정노는 심장이 덜컥 내려앉았다.

 그러나 그도 산전수전 다 겪으면서 사업을 한 사업가였고, 불안한 속내를 겉으로 드러내지 않았다.

 "무슨 오해가 있나 본데 차분하게 대화로 풀어 봅시다. 그동안 잘 지내 왔는데, 이렇게 틀어지면 서로 손해지 않겠소?"

"계속해 봐."

석선정이 가소롭다는 듯 박정노를 바라보았다.

차준후의 이야기를 듣고 난 뒤 새나라자동차를 면밀하게 들여다봤다. 중앙정보부의 시각이 아니라 경험 많은 회계사와 사업가 등을 동원해서 탈탈 털었다.

"당신들은 분식회계에 대한 증거를 찾아보시오."

"그러죠."

"알겠습니다."

"말로 합시다. 이러면 정말 끝장을 보자는 것이라고 알겠소이다."

"나도 끝장을 보려고 온 건데 서로 의견이 맞았군. 저들은 분식회계 증거를 찾기 위해 데리고 온 국제차량제작의 재무부에서 일하는 직원들이야."

"……분식회계를 하지 않았소이다. 그러니 쓸데없는 짓 하지 말고 나가서 오해를 풀어 갑시다."

선석정은 꼼짝도 하지 않았다.

"발견했습니다. 여기 장부의 내용들이 신고된 금액과 맞지 않습니다."

"여기도 이상한 점이 많습니다."

국제차량제작 직원들이 분식회계를 하고 있다는 증거를 발견해 냈다. 아무래도 같은 자동차 업종이기 때문에 이상한 부분을 빨리 찾아내서 알렸다.
"휘유! 엄청나구만."
석선정이 휘파람을 불었다.
분식회계를 통해 은닉하고 있는 자금은 중앙정보부가 정치 자금으로 받은 금액보다 훨씬 많았다. 계획을 비롯한 여러 작업은 중앙정보부가 하고, 과실은 박정노가 챙기고 있는 형국이었다.
빼도 박도 못하는 상황이 벌어졌다.
"분식회계라니······. 안규석 전무! 이건 당신이 벌인 짓인가?"
"······."
안규석이 눈을 끔뻑거렸다.
이놈의 사장이 무슨 헛소리를 하는 것이지?
그는 이내 모든 잘못을 자신에게 뒤집어씌우려고 한다는 걸 깨달았다. 눈짓과 발짓으로 볼 때 이번 잘못을 책임지면 뒷수습을 하겠다는 모양이었는데, 믿을 사람을 믿어야지.
도둑놈 심보인 박정노를 믿는다는 건 어리석은 일이었다.
"헛소리하지 마. 이건 모두 당신이 돈을 들고 튀려고 벌인 거잖아. 저기 그림 뒤에 설치된 비밀 금고를 열어 보면 빌어먹을 사장 놈이 작성한 비자금 장부가 있을 거요."

안규석이 재빨리 붙었다. 여기에서 머뭇거렸다가는 많은 죄를 뒤집어쓸지도 몰랐기 때문이었다.

"배신하는 거냐?"

"배신은 네놈이 먼저 했잖아!"

그들 사이에 방금 전까지 화기애애하게 이익을 나누던 모습은 보이지 않았다. 이익이 있을 때는 한없이 좋아 보이지만, 나락으로 내몰리면 그 심성이 그대로 드러나는 법이었다.

범죄자들이 서로를 마구 물어뜯었다.

"여기에서 이러지 말고 남산으로 가서 차분하게 이야기를 나눠 보자고."

감히 중앙정보부를 능멸하려고 한 괘씸한 잘못에 대한 반성을 뼈저리게 하게 만들 작정이었다.

두 사람이 두려움에 떨었다.

그들도 중앙정보부 남산에 대한 악명은 알고 있었다. 이대로 남산으로 끌려갔다가는 초주검이 되어서 나올지도 몰랐다.

"잘못했습니다. 한 번만 봐주십시오."

"제가 숨겨 놓은 비자금을 모두 토해 내겠습니다. 저 나쁜 놈이 숨겨 놓은 비밀스러운 계좌도 알고 있습니다."

두 사람이 남산으로 가지 않기 위해 애걸복걸하였다.

그 모습을 보면서 석선정이 웃음을 띠었다.

"이야기는 남산에 가서 하자니까. 아주 따뜻하고 좋은 공간이니 마음에 들 거야."

믿을 사람을 믿어야지.

범죄자를 믿을 수는 없었다.

범죄자가 은닉한 부정 이익을 환수하기 위해서는 철저한 취조가 필요했다. 필요하다면 약간의 폭력이 가미된 취조가 펼쳐질 수도 있었다.

가슴속에 있던 불쾌한 감정의 찌꺼기가 창백한 안색의 두 사람을 보면서 씻은 듯이 사라졌다.

기분이 상쾌해졌다.

감히 대한민국과 중앙정보부를 농락해?

농락한 대가를 치르게 해 주마.

"이봐! 둘 다 끌고 가."

"네."

"알겠습니다."

건장한 체격의 중앙정보부 요원들이 들어와서 반항하는 두 사람을 끌고 나갔다.

박정노와 안규석은 반항을 했다가 몇 대 쥐어박히고는 결국 조용히 남산으로 끌려갔다.

차준후의 개입으로 그들이 무사히 일본으로 빠져나가는 역사는 사라지게 되었다.

"이게 대체 무슨 일이야? 경찰에서 나온 거야?"

"경찰은 아니야. 내가 경찰 신분증과 수색 영장을 제시해 달라고 말했는데 보여 주지 않았어."
"경찰이 아니면?"
"아무래도 중앙정보부에서 나온 걸로 보여. 수색 영장도 없이 저렇게 조사할 수 있는 곳은 거기밖에 없으니까."
"헉! 그렇다면 커다란 사건이 터졌다는 거잖아. 중앙정보부 이야기만 들어도 심장이 터질 것처럼 뛴다."
"이제 우리 회사는 끝난 거야?"
"아무래도."
중앙정보부 요원들이 새나라자동차를 탈탈 털고 있었다. 그리고 새나라자동차에서 일하고 있는 직원들은 회사의 미래를 짐작하였다.
중앙정보부에 찍혔다면 살아남기가 힘들었다.

* * *

「회삿돈을 전용하고 도망치려 한 전황을 포착해서 체포한 중앙정보부.」
「국가적으로 큰 피해를 입을 사태를 막아 냈다.」
「대한민국 자동차 산업을 뿌리째 흔들리게 만든 새나라자동차 도산하나?」

군사정부는 자신들의 치부를 덮기 위해서 발 빠르게 움직였다.

새나라자동차는 빠르게 몰락의 길을 걸었고, 도산을 할 수밖에 없게 됐다.

"에휴! 월급 받기도 힘들어졌다."

"무슨 놈의 기업이 석 달도 채 넘기지 못하냐."

"망할 놈의 회사. 다시 실업자가 되어 버렸네."

봄 초에 화려하게 비상한 새나라자동차는 봄이 끝나 갈 무렵에 도산하고 말았다. 그리고 새나라자동차의 직원은 모두 실업자가 되었다.

원 역사대로라면 이후 진신자동차가 새나라자동차를 인수하고 미국의 GM사가 거기에 투자를 하게 된다. 또한 동시에 국제차량제작도 문을 닫는다.

그러나 이제 그 역사가 완전히 뒤틀렸다.

새나라자동차에 비극이 벌어졌다면 국제차량제작에는 희극이 펼쳐졌다. 역사에서는 두 기업이 모두 도산하였지만 이제는 극과 극으로 바뀌어 버렸다.

「국제차량제작. 차준후의 투자를 받다.」

「스카이 포레스트. 자동차 산업에 뛰어든다. 국제차량제작의 지분을 획득한다.」

「국제차량제작. 스카이 포레스트의 투자금으로 새나라

자동차 부평 공장 인수 추진.」
「국제차량제작. 미국 자동차 기업과 기술 제휴에 나선다. 미국과의 기술 제휴에 스카이 포레스트가 도움의 손길을 내민다.」

 국제차량제작과 스카이 포레스트에 대한 언론 보도가 이어졌다.
 차준후의 개입으로 역사가 바뀌면서 대한민국의 자동차 산업 구조가 빠르게 변화하고 있었다.
 GM이 투자하는 진신자동차의 부평 공장은 이제 사라졌고, 국제차량제작의 부평 공장으로 탈바꿈하였다.

기술 제휴

차준후가 저택을 나섰다.

여름철로 접어든 정원에는 나무들이 싱그러움을 뿜어내고 있었고, 다양한 꽃이 형형색색의 아름다움을 뽐내냈다.

정원 옆에는 반짝거리는 포드 차량이 주차되어 있었다.

"대표님, 잘 주무셨습니까?"

"좋은 아침입니다."

이제 저택에는 차준후 홀로 지내지 않는다.

저택을 경호하는 경호원들이 상주하고 있었고, 청소와 식사 등을 담당하고 있는 아주머니들이 매일 오갔다.

신원이 확실한 사람들만 저택에서 일할 수 있었다.

적막하게 보내는 삶도 나쁘지 않았지만, 홀로 지낼 때

보다 북적거리는 저택의 분위기도 나름 나쁘지 않았다. 그리고 그들 덕분에 더 이상 저택의 유지 보수에 크게 신경을 쓰지 않아도 된다는 점이 마음에 들었다.

어차피 이제 차준후에게 더 이상 조용한 삶은 불가능했다. 너무나도 많은 곳에서 그를 주목하고 있는 탓이었다. 심지어 저택 주변으로 통하는 길목에는 경찰들이 상주하는 초소까지 있었다.

이제는 이전처럼 조용히 살 수는 없었다.

"좋은 아침이에요, 대표님."

실비아 디온이 방긋 웃으면서 아침인사를 건넸다.

아침에 스카이 포레스트로 출근하지 않고 차준후의 저택으로 움직인 그녀였다.

"어서 오세요. 아침 일찍부터 비서실장님을 뵈니까 기분이 좋네요. 출발하시죠."

차준후가 실비아 디온과 인사를 주고받으면서 차량에 탑승했다.

오늘은 미국에서 온 조나단 듀퐁과 만나는 날이었다.

그가 이 머나먼 대한민국까지 직접 찾아온 건 새로운 사업을 제안하기 위해서였다.

대한민국이 빠르게 발전하면서 조나단 듀퐁은 말레이시아에 방직 공장을 세우려던 계획을 대대적으로 재검토했다.

말레이시아에만 공장을 세우기보단 사업을 확장해서 대한민국에도 공장을 세운다면 좋을 수 있겠다는 판단이 들었기 때문이다.

그는 대한민국이 아시아의 어느 나라보다도 빠르게 발전할 수 있으리라는 가능성을 보았고, 엄청난 기회의 땅이 될 수 있다고 확신했다.

이 모든 게 바로 스카이 포레스트로 인해 대한민국이 빠르게 발전한 덕분이었다.

그러나 당초 사업 계획에 없던 일인 탓에 당연히 대한민국까지 사업을 확장할 여력이 있을 리 없었다.

그에 고민에 빠져 있던 그때, 듀퐁가에서는 조나단 듀퐁에게 대한민국의 방직 사업은 듀퐁가의 이름으로 진행해 볼 것을 제안했다.

케불라의 개발 성공이 점점 가시화되면서, 그 가치를 잘 알고 있는 듀퐁 가문에서는 차준후와의 관계를 더욱 돈독히 할 필요성을 느꼈다.

그래서 조나단 듀퐁의 사업을 가문 차원에서 지원해 주기로 마음먹은 것이었다. 조나단 듀퐁과 차준후는 친밀하게 지내고 있었으니까.

듀퐁가의 이름으로 사업을 하게 된다면 아무래도 여러 간섭을 받게 될 수도 있었지만, 어떻게든 대한민국에서 방직 사업을 펼치고 싶었던 조나단 듀퐁은 그 제안을 받아들였다.

그리고 듀퐁가의 사업을 맡아서 진행할 수 있게 됐다는 것도 조나단 듀퐁에게는 의미가 깊은 일이었기에 마다할 이유가 없었다.

"듀퐁사의 이름으로 들어온 제안이긴 하지만, 실질적으로 사업을 기획한 사람은 조나단 듀퐁인 것 같아요."

"그래요? 역시 사업 감각이 좋네요."

차준후는 이번 조나단 듀퐁의 선택을 높이 평가했다.

눈부시게 발전하고 있는 대한민국이었지만, 아직까지는 부족한 점이 많았다.

그런데 벌써 대한민국의 가능성을 알아보고 대한민국에서 사업을 진행해 보려고 마음먹었다는 건 미래를 내다보는 안목이 대단하다고 인정하지 않을 수 없었다.

차준후의 회귀로 상황이 바뀌었지만 조나단 듀퐁은 최적의 방향을 알아서 찾아가고 있었다.

"정부의 경공업 육성 정책으로 의류 공장이 많이 생겨났는데, 정작 나일론과 면사 등이 많이 부족해서 수입해 오는 물량이 늘어나고 있는 실정이니 방직 공장을 늘린다면 큰 도움이 될 거예요."

실비아 디온의 말처럼 대한민국에는 의류 원사들이 턱없이 부족했다. 웃돈을 줘 가면서까지 거래되고 있는 실정이었다.

"예. 그리고 듀퐁사와의 기술 제휴까지 무사히 진행되면 대한민국의 발전에 큰 도움이 될 겁니다."

듀퐁사가 이번에 제안한 건 SF 패션에 기술 제휴를 해주고, 투자를 할 테니 방직 공장의 규모를 키우자는 것이었다.

이 시대 최고의 화학섬유를 생산하는 곳이 바로 듀퐁사의 방직 공장이었다. 듀퐁사에서 생산하고 있는 화학섬유는 성삼모직에서 생산하는 섬유보다 값싸고 품질까지 좋았다.

그런데 이번에 방직 공장을 늘리고, 듀퐁사와의 기술 제휴까지 체결된다면 SF 패션은 엄청난 성장을 이룰 수 있을 터였다.

"SF 패션에서 성삼모직의 원사들을 많이 사용해 오고 있죠?"

"대표님의 지시대로 국내 기업의 원사를 우선적으로 사용해 왔어요. 부족한 원사 물량은 해외에서 수입해 왔고요."

SF 패션은 자체적으로 방직 공장을 운영하고 있었지만, 이곳에서 생산하는 원사와 원단만으로는 한참이나 부족했다. 그에 성삼모직에서 납품을 받아 부족한 물량을 충당하고 있었다.

국내에서 제대로 된 원사 판매 업체라고 해 봐야 성삼

모직이 유일했다. SF 패션은 생산한 원사를 직접 사용했기에 시중에서 원사를 판매하는 업체는 성삼모직뿐이었다.

그런데 SF 패션에서 자체적으로 생산하는 물량이 늘어나서 성삼모직에서 수입해 오는 물량이 줄어든다면, 성삼모직은 울상이 될 수밖에 없었다.

"성삼모직의 원사 품질은 좋아지고 있나요?"

원사라고 해서 다 같은 원사가 아니었다. 보풀이나 인장력 등이 천차만별이었다.

성삼모직에서 생산하고 있는 나일론은 대체적으로 나쁘지는 않았지만, 해외에서 수입해 오는 나일론 원사에 비해 약간 부족하다는 평가를 받았다.

"향상되고 있기는 한데, 뚜렷하게 발전된 모습은 보이지 않아요."

"새로운 발전을 한다는 게 쉬운 일은 아니죠."

차준후는 성삼모직의 어려움을 이해했다.

원래 새로운 걸 연구한다는 건 가시밭길이었다.

많은 연구와 투자를 한다고 해서 무조건 성공한다는 보장도 없었다. 시간을 두고 차근차근 연구해야 좋은 결과물이 나오는 법이었다.

"……"

실비아 디온이 묘한 눈길로 차준후를 바라보았다.

쉬운 일이잖아요!

매번 혁신적인 걸 내놓는 차준후가 쉬운 일이 아니라고 하니 이상했기 때문이었다.

"왜 그런 눈초리로 보는 겁니까?"

"대표님이 쉽지 않다고 하니 낯설어서요."

"흠! 저라고 다 쉬운 건 아닙니다."

과거로 왔기에 미래 지식을 이용해서 잘나 보이는 것이었다.

모르는 분야라면 차준후도 별수 없었다. 머리를 박고 연구를 할 수밖에.

그런데 운이 좋게도 아직까지 그런 경우는 나오지 않았다.

* * *

서울의 경성호텔.

경성호텔은 대한민국을 방문한 수많은 외국인이 찾는 서울의 대표적인 최고급 호텔로 자리매김했다. 그리고 조나단 듀퐁도 이곳에 머무르고 있었다.

"어서 오십시오."

종업원들이 차준후를 보자마자 고개를 숙였다.

그의 방문 소식을 접하고 이미 로비에서 대기하고 있던

종업원들 중에는 총지배인도 포함되어 있었다.
"조나단 듀퐁을 만나러 왔습니다."
"안내해 드리겠습니다."
총지배인이 직접 안내를 맡았다.
조나단 듀퐁은 호텔의 최고급 객실을 통째로 이용하고 있었다. 홀로 온 것이 아니라 듀퐁사의 직원들까지 함께 대한민국으로 날아왔다.
이번 사업 제안은 조나단 듀퐁의 개인 업무가 아니었기에 듀퐁사의 직원도 동반하고 있었다.
차준후로서는 이 제안을 크게 반길 수 있었다. 듀퐁사의 화학섬유는 이 시대뿐만 아니라 21세기에도 최고였으니까. 가깝게 지낼수록 얻을 게 많다는 소리였다.
엘리베이터를 타고 최상층으로 향했다.
엘리베이터 문이 열리자, 복도까지 나와 있던 조나단 듀퐁이 차준후를 맞이했다. 보자마자 손을 흔들면서 반가워하는 조나단 듀퐁이었다.
프런트에서 차준후의 방문 소식을 전해 들은 그는 방에서 기다릴 수도 있었지만 그건 예의가 아니라고 생각했다.
"오랜만입니다."
"이렇게 만나니 반갑습니다."
차준후가 조나단 듀퐁과 악수를 나눴다.

"잘 지냈습니까?"

"덕분에 너무 잘 지내고 있습니다."

조나단 듀퐁이 기분 좋게 웃었다.

투자자를 찾지 못해 고생하던 것이 얼마 되지 않았는데, 이제는 상황이 완전히 바뀌었다. 투자를 하겠다는 사람들이 너무 늘어나 버렸다.

그렇지만 이제 투자를 더 받지 않았다.

지금은 충분했다. 그리고 듀퐁 가문에서도 직접 투자를 해 주겠다고 했으니까.

이 모든 변화가 바로 눈앞의 차준후 덕분이었다.

차준후를 만나고 난 뒤로 탄탄대로를 질주하고 있었다.

"안으로 들어가서 이야기하시죠."

"그러죠."

차준후와 실비아 디온 등 일행이 객실로 들어섰다.

객실 안에 있던 듀퐁사의 직원들이 차준후 일행을 맞이하였다.

두 그룹의 직원들이 인사를 주고받는 사이에 호텔 종업원들이 음료와 다과를 가지고 왔다. 그리고 차준후의 앞에는 아이스 아메리카노가 놓였다.

"이 음료가 차준후 대표가 좋아하는 음료이군요. 얼음을 넣어서 차갑게 먹으니 맛이 흥미롭네요."

조나단 듀퐁이 아이스 아메리카노를 한 모금 마시면서

이야기했다.

　차준후의 아이스 아메리카노 사랑을 눈여겨보는 사람들이 점점 늘어났다. 졸지에 1960년대에 아이스 아메리카노를 전도해 버리는 형국이었다.

　"SF 패션에 투자를 하고 싶으시다고요?"

　차준후가 본론을 꺼냈다.

　"대한민국 정부가 경공업 육성에 많은 투자를 하고 있다고 알고 있습니다. 그렇다면 대표적인 노동집약적 산업인 의류 생산에도 당연히 주목하고 있을 테고, 실제로도 제법 많은 의류 업체들이 들어서고 있는 것으로 확인되더군요. 현재 대한민국에서 생산되는 원사와 원단만으로는 물량이 턱없이 부족하게 되지 않겠습니까?"

　조나단 듀퐁의 말처럼 대한민국에는 이미 굉장히 많은 의류 업체가 들어서 있는 상황이었다. 그리고 지금도 계속해서 늘어나고 있었다.

　그런데 SF 패션을 제외하면 방직 공장을 가동하여 원사와 원단을 생산하고 있는 곳이 성삼모직뿐이었으니, 지금도 물량이 부족한데 앞으로는 더더욱 부족해질 수밖에 없었다.

　사실 솔직한 마음으로는 아예 듀퐁사가 들어와 방직 공장을 운영한다면, 성삼모직을 찍어 누르고 대한민국의 섬유 시장을 독점할 수도 있었기에 욕심이 나기도 했다.

듀퐁사에서 조사를 해 보니 대한민국의 임금은 무척이나 낮았고, 많은 노동력을 필요로 하는 방직 공장을 운영하기에 아주 최적의 조건을 갖추고 있었다.

그럼에도 SF 패션에 투자하기로 택한 것은 대한민국이 휴전국이기 때문이었다. 언제 다시 전쟁이 일어날지 모르는데 직접 들어오기에는 다소 부담이 됐다.

또한 대한민국은 아직도 외국계 기업에 다소 폐쇄적인 정책이 많은 탓도 한몫했다.

그리고 무엇보다 듀퐁사가 대한민국에 방직 공장을 세우면 스카이 포레스트의 경쟁사가 될 수도 있다는 게 가장 큰 문제였다.

듀퐁사는 스카이 포레스트와 우호적인 관계가 되고 싶지, 경쟁을 할 생각은 추호도 없었다.

"지금도 원사들이 부족한 실정이기는 하지요. 공장의 규모를 확장한다면 큰 도움이 될 겁니다."

차준후는 조나단 듀퐁의 말에 동의했다.

현재 SF 패션에서는 성삼모직에서 수입을 하고도 부족한 물량은 해외에서 수입해 오고 있었는데, 그 물량이 적지 않았다.

자체적으로 운영하는 방직 공장에서 충분한 물량을 생산할 수 있다면 더 이상 해외에 의존하지 않아도 될 테니 더할 나위 없이 좋은 일이었다.

"심지어 듀퐁사와 기술 제휴를 맺어 기술력까지 확보한다면, SF 패션은 대한민국의 의류 산업에 커다란 도움이 될 겁니다."

차준후는 고개를 끄덕였다.

공장 투자는 사실 돈이라면 스카이 포레스트도 차고 넘치기에 딱히 의미가 없는 제안이었다.

그러나 듀퐁사와의 기술 제휴는 달랐다.

듀퐁사가 오랜 세월 쌓아 올린 기술은 스카이 포레스트가 단숨에 따라잡을 수 있는 것이 아니었다. 그것은 차준후의 미래 지식이 있다 하더라도 마찬가지였다.

듀퐁사와 기술을 SF 패션에 적용시킬 수만 있다면, 이전보다 품질이 대폭 향상시킬 수 있을 터였다.

"그런데 이런 제안을 아무런 대가도 없이 하시는 건 아니겠죠. 대가로 바라시는 게 뭡니까?"

차준후가 물었다.

듀퐁사가 땅 파서 장사하는 것도 아니고, 이런 호혜적인 제안을 한 데에는 그만한 바라는 게 있는 것이 분명했다.

"기술 제휴와 투자를 대가로 나노 징크옥사이드를 공급받고 싶습니다. 듀퐁사에서 직접 나노 징크옥사이드를 생산할 수 있도록 특허를 허가해 주시면 더욱 좋고요."

"나노 징크옥사이드요?"

이것이 듀퐁사가 조나단 듀퐁에게 이번 사업을 맡긴 목적 중 하나였다. 차준후와 우호적인 관계인 조나단 듀퐁이라면 나노 징크옥사이드를 받아 낼 수 있을지 않을까 싶었던 것이다.

지금은 워낙 다양한 사업 분야에 진출해 있지만, 듀퐁사의 근간은 화약 제조업체였다.

1차 세계대전부터 남북전쟁, 2차 세계대전까지 미군에 화약과 폭탄을 공급하며 쌓아 올린 부로 지금의 듀퐁사가 존재할 수 있는 것이었다.

그런 듀퐁사가 나노 징크옥사이드의 대단함을 몰라볼 리가 없었다.

대한민국 국군의 신형 포탄 시험 소식을 접한 나노 징크옥사이드에 대해 빠르게 연구하기 시작했고, 이내 발칵 뒤집혔다.

효과는 물론이고, 활용처가 무척이나 다양했기 때문이었다.

"확실히 다양한 사업을 하고 있는 듀퐁사이니 나노 징크옥사이드를 백분 활용할 수 있겠군요."

나노 징크옥사이드는 화약뿐만 아니라 배터리, 타이어 등 기존에 산화아연이 사용되던 것들에 대체해서 사용하는 것만으로 성능을 향상시켜 주는 마법의 가루였다.

다양한 산업 분야에 진출해 있는 듀퐁사이니만큼 여느

기업들보다도 나노 징크옥사이드를 활용할 방법이 많았고, 그만큼 많은 이득을 누리는 게 가능했다.

'화장품에 사용하려고 만들었는데, 오히려 화장품보다 다른 분야에서 더 원하고 있네.'

차준후가 속으로 중얼거렸다.

"이미 나노 징크옥사이드가 화약이나 화장품 외에도 널리 사용될 수 있다는 걸 알고 계셨군요."

조나단 듀퐁이 역시라는 표정을 지었다.

직접 개발, 발명을 했다고 해서 기능이나 활용법을 다 알고 있는 건 아니었다. 전혀 다른 사람이 새로운 기능이나 활용법을 발견해 내는 경우는 무척 흔했다.

그에 듀퐁사에서는 만약 차준후가 나노 징크옥사이드의 폭넓은 활용법을 모른다면 조금 더 수월하게 협상을 할 수 있을지도 모른다고 기대했다.

그러나 차준후는 21세기까지 밝혀진 나노 징크옥사이드의 기능과 활용법에 대해서 모두 알고 있었다. 듀퐁사의 연구소에서도 제법 연구를 했겠지만, 차준후가 지닌 21세기의 지식과는 비견할 수 없었다.

당장은 화장품 개발에 집중하고 있을 뿐, 훗날 관련 사업을 진행할 때 비로소 그 지식들이 세상 밖으로 드러날 것이었다.

조나단 듀퐁은 졌다는 표정을 지으며 입을 열었다.

"예, 맞습니다. 나노 징크옥사이드를 활용한 곳들이 넘쳐 나더군요. 배터리를 제조할 때 나노 징크옥사이드를 사용하는 것만으로도 엄청난 에너지 효율 향상을 확인했습니다."

"얼마나 효율이 향상되던가요?"

"듀퐁사의 연구소에서는 약 14% 향상될 것이라는 연구 결과를 내놓았습니다."

조나단 듀퐁이 솔직하게 털어놨다.

"조나단!"

옆에 있던 듀퐁사의 직원이 황급히 만류하려고 했지만 이미 늦었다.

"괜찮습니다. 저희가 아는 걸 차준후 대표가 모를 리 없으니까요."

조나단 듀퐁은 차준후에게 속내를 감추는 건 의미가 없다고 판단했다. 오히려 뻔히 알고 있는 걸 숨겨 봤자 그의 기분만 나쁘게 만들 뿐이라고 여겼다.

그리고 그것은 정확한 판단이었다.

"나쁘지 않은 수치이긴 한데 조금 부족하네요. 20% 정도까지는 충분히 향상시킬 수 있을 겁니다."

배터리 연구소들은 단 1%를 높이기 위해서 노력하고 있었다. 그런데 소재 하나만 바꿨을 뿐인데도 불구하고 14%를 높인다는 건 그야말로 마법이었다.

그러나 차준후는 나노 징크옥사이드를 재료로 활용해 만든 미래의 배터리 성능을 알고 있었다.

첫 시작으로 14%면 나쁘지 않은 수치였지만, 20%까지 효율을 향상시킬 수 있다는 걸 알기에 14%로는 아쉽다는 생각이 들었다.

"배터리 연구까지 이미 끝내신 거군요. 게다가 심지어 20%라니…… 정말 놀랍습니다."

차준후를 바라보는 조나단 듀퐁의 눈빛에는 대단하다는 흠모의 감정이 녹아 있었다.

말로 설명할 수 없는 천재의 분위기!

그런 분위기를 지금 대화하면서 느끼고 있었다.

'연구를 해 본 건 아닌데…….'

차준후는 그저 알고 있는 지식을 말했을 뿐이지, 직접 연구를 해서 알아낸 건 아니었다.

그러나 구태여 오해를 정정해 주진 않았다.

상대가 오해를 함으로써 협상을 조금 더 유리하게 이끌어 나갈 수 있다면 충분히 이용해 주어야 했다.

"헉!"

차준후와 조나단 듀퐁이 나누던 대화를 듣던 듀퐁사의 직원이 경악했다.

배터리 효율을 14% 증대시킬 수 있다는 걸 기밀이라고 감추려 했는데, 차준후는 그것밖에 안 되냐며 지적하고 있었다.

쥐구멍이라도 들어가고 싶은 심정이었다.

차준후는 일반인의 기준으로 감히 평가할 수 없는 인물이었다. 상식적으로 접근했다가는 협상에서 오히려 역효과만 불러일으킬 것으로 보였다.

듀퐁사의 직원은 조나단 듀퐁에게 시선을 보냈다. 협상은 전적으로 그에게 맡기겠다는 의미를 담은 시선이었다.

그 시선의 의미를 알아차린 조나단 듀퐁은 고개를 끄덕이고는 다시 말을 이었다.

"어떻습니까? 제안을 받아들이시겠습니까?"

차준후는 잠시 고민에 잠겼다.

어차피 나노 징크옥사이드를 독점하고 있을 생각은 없긴 했다.

스카이 포레스트와 긴밀하게 협력하고 있는 듀퐁사가 상대이기도 하고, 듀퐁사의 제안 조건은 스카이 포레스트에 크나큰 이익이 되기에 딱히 거절할 이유는 없어 보였다.

"실무진들과 논의를 해 본 후에 답변을 드리겠습니다."

차준후 개인의 생각만으로는 나쁘지 않은 제안이었지만, 구체적인 조건 협의는 실무진에게 맡기는 편이 더 효과적이리라 판단한 것이었다.

"그러면 자세한 조건은 문서로 전달드리겠습니다. 원

하시는 조건이 있으시다면 얼마든지 말씀 부탁드리겠습니다."

듀퐁사는 나노 징크옥사이드를 활용하여 펼칠 수 있는 사업이 너무나도 많았다.

이번 거래를 성사시킨다면 그야말로 천문학적인 이익을 벌어들일 수 있을 것으로 추정됐다.

반드시 성사시켜야만 하는 거래였다.

당장 SF 패션에게 기술 제휴와 투자를 해 주는 것만으로도 이미 듀퐁사로서는 과감한 제안을 던진 것이었지만, 만약 스카이 포레스트에서 다른 걸 더 원한다고 하더라도 줄 수밖에 없었다.

"자, 그러면 나머지는 실무진들의 검토가 끝나면 마저 이어서 하도록 하죠."

"아, 한 가지 더 드릴 이야기가 있습니다. 이건 듀퐁사가 아닌 말레이시아 사업 건과 관련된 이야기입니다."

차준후가 자리에서 일어서려 하자 조나단 듀퐁이 재빨리 그를 붙잡곤 말했다.

"말레이시아 방직 공장 건과 관련하여 도움을 좀 받고 싶습니다."

"저도 지분을 가진 투자자입니다. 말씀만 하세요."

"말레이시아의 방직 공장에서도 케불라를 생산할 수 있도록 허가해 주셨으면 합니다."

조나단 듀퐁은 케불라를 원하고 있었다.

그에게는 앞서 건넨 제안보다 이것이 더 중요한 안건이었다. 그의 꿈은 듀퐁가의 일원으로서 성공하는 게 아닌, 그 개인의 이름으로 성공하는 것이었으니까.

"듀퐁사의 허가는 이미 받은 겁니까?"

현재 케불라의 생산 권리는 스카이 포레스트와 듀퐁사가 공동으로 소유하고 있었다.

그러나 말레이시아의 방직 공장은 듀퐁사의 사업이 아닌, 조나단 듀퐁의 개인 사업이었기에 스카이 포레스트와 듀퐁사의 동의를 모두 구하지 않고서는 케불라를 생산할 수 없었다.

"듀퐁사의 허락은 받아 뒀습니다."

조나단 듀퐁은 이번 협의를 책임지고 진행하는 것을 조건으로 케불라의 생산 허가를 받아 냈다.

이제 남은 건 차준후의 허가를 받는 것뿐이었다.

"좋습니다."

차준후는 흔쾌하게 승낙했다.

고민할 일이 아니었다.

지분을 가지고 있는 회사인데 케불라를 생산해서 더 잘 나갈 수 있게 된다면 나쁠 거 하나 없는 이야기였다.

또한 이로써 케불라의 생산량이 더욱 늘어나게 된다면, 앞으로 있을 베트남전에서 더 많은 이들의 생명을 구할 수 있을지도 몰랐다.

"승낙을 해 줘서 감사합니다."

"세밀한 부분은 추후 실무진들끼리 협의를 진행하는 것으로 하시죠."

"알겠습니다. 잘 부탁드리겠습니다."

이야기를 모두 끝마친 차준후와 조나단 듀퐁은 악수를 나눴다.

"어제 들어오신 걸로 아는데, 혹시 둘러보신 곳은 있습니까?"

"아뇨. 곧바로 호텔로 와서 짐을 풀고 협의를 준비했습니다."

"이런. 이 먼 곳까지 왔는데 호텔에만 머무르면 안 되죠. 바로 근처에 대한민국의 문화와 역사를 경험할 수 있는 멋진 관광지 경복궁이 있습니다. 제가 안내해 드릴까요?"

미국에서 찾아온 조나단 듀퐁과 좀 더 많은 시간을 가지려는 차준후였다. 앞으로 대단한 사업가가 될 조나단 듀퐁이었고, 친해지면 나쁜 일은 없었다.

"안내해 주신다면 고마운 일이지요. 차준후 대표님이 멋지다고 하니 벌써부터 기대됩니다."

조나단 듀퐁은 차준후와 더욱 친하게 지내고 싶었다.

그렇기에 관광하자는 제안을 덥석 받아들였다.

경복궁은 예전보다 복원이 되어 있는 상태였다.

차준후의 관심을 받고 있는 덕분에 정부의 지원 비용이 늘어났고, 스카이 포레스트에서도 경복궁을 비롯한 문화재 복원 지원을 늘리고 있었다.

덕분에 대한민국을 대표하는 관광지로 경복궁이 올라서고 있었고, 경복궁을 찾는 국내외 관광객들의 숫자가 늘어났다.

그리고 이건 선순환으로 이어졌다.

관광객들이 늘어나다 보니 자연스럽게 주변에 음식 솜씨 좋은 식당들이 들어섰다.

"경복궁에 들렀다가 임금님들이 먹었다는 수라상으로 점심을 먹죠."

"오우! 기대되네요."

"실망하지 않을 겁니다. 맛있거든요."

"빨리 점심시간이 왔으면 좋겠네요."

경복궁 주변에는 왕실 요리의 전통을 이어 오고 있는 식당이 있었다. 그 식당에서 상다리가 부러질 듯 나오는 한식들은 외국인들에게 소개하기에 아주 좋았다.

"실비아 비서실장님, 식당 예약 부탁합니다."

"네. 별채로 예약을 잡아 둘게요."

실무진들을 객실에 남겨 둔 차준후와 일행들이 밖으로 향했다.

실무진들은 남아서 구체적인 협의를 마무리 짓기 위해

치열한 협상을 펼쳐 나갔다.

당연히 협상에서 우위를 점한 건 스카이 포레스트의 실무진들이었다. 세계적인 대기업인 듀퐁사였지만, 스카이 포레스트를 상대로는 힘을 쓰지 못했다.

듀퐁사의 직원들에게는 참으로 낯선 경험이었다.

* * *

"듀퐁사의 직원이 국내에 들어왔다고?"
"네! 심지어 듀퐁가의 직계 중 한 명인 조나단 듀퐁이 동행하여 현재 경성호텔에 머물고 있다고 합니다."
"그가 누구와 접촉했는데? 설마 차준후?"
"맞습니다. 차준후 대표와 만났다고 합니다."
"음!"

이철병이 침음을 흘렸다.

그토록 만나고 싶어 한 듀퐁사의 사람이 국내에 들어와 있을 줄 몰랐다.

차준후에게 몇 번이나 듀퐁사를 만나게 해 달라고 부탁했는데…….

주력 계열사인 성삼모직을 발전시키는 데 있어 듀퐁사와 기술 제휴를 한다면?

생각만 해도 꿈 같은 일이다.

"그쪽과 약속을 잡아 봐."
"알겠습니다."
"그리고 차준후 대표와도 만날 수 있는지 물어보고."
"네."
"아니다. 차준후 대표에게는 내가 직접 전화해 보지. 경성호텔에 머물고 있는 듀풍사 사람들에게 만날 수 있는지 문의해 봐."
"바로 연락을 해 보겠습니다."
"나가 봐."
"네."

비서실 직원을 내보낸 이철병이 전화기를 들었다.

그리고 전화교환원에게 스카이 포레스트 비서실을 부탁했다.

스카이 포레스트 대표실에 직통으로 연락할 수 있는 방법이 없었다. 비서실을 통해야만 차준후에게 연락이 가능했다.

뚜르르! 뚜르르!

신호음이 울렸다.

- 전화 받았습니다. 스카이 포레스트 비서실입니다.

"안녕하시오. 성삼의 이철병입니다."

- 안녕하십니까, 회장님.

"차준후 대표와 듀풍사에 대한 이야기를 하고 싶군요."

- 지금 대표님께서 부재중이시라 바로 연결을 해 드리지 못해 죄송합니다, 회장님. 대표님께서 돌아오시면 연락이 왔다고 따로 메모 남겨 드리면 되겠습니까?

음!

차준후와 전화 통화하기가 너무 어렵다.

대표실에 없을 때도 많았고, 비서실에서 대표실로 연결되지 못하고 중간에 끊기기도 했다.

또 메모를 남긴다고 해서 무조건 연락이 오는 것도 아니었다.

이철병의 입장에서는 참으로 자존심 상하는 일이었다.

그렇지만 아쉬운 건 이철병이었기에 계속 전화를 해야만 했다.

"부탁드리겠소."

이철병이 전화기를 내려놓았다.

퇴근 시간이 다 되도록 차준후의 전화는 오지 않았다.

오후 6시가 넘으면 업무 관련 전화를 일체 하지 않는 차준후였다.

"에휴! 내일 다시 전화를 해 봐야겠군."

이철병의 입에서 한숨이 흘러나왔다.

성삼은 대한민국 굴지의 기업으로, 수많은 정치인과 기업인들이 그의 앞에서는 자세를 낮췄다.

그러나 차준후와 엮이면 상황이 완전히 바뀌어 버린다.

차준후의 앞에서는 이철병이 자세를 낮춰야만 했다.

지금처럼.

이철병이 인터폰을 켰다.

- 예, 회장님. 말씀하십시오.

"듀퐁사 건은 어떻게 됐나?"

- 아직 그쪽에서 연락이 없습니다. 다시 한번 문의를 해 볼까요?

"괜히 재촉하는 것처럼 보이니까 오늘은 기다려 보자고."

- 내일 오전에 다시 한번 연락을 취해 보겠습니다.

"알겠네."

인터폰을 끈 이철병이 미간을 찌푸렸다.

뭐 하나 제대로 되는 것이 없었다.

가타부타 연락이라도 해 주지.

그렇지만 이건 성삼그룹의 입장이었다. 듀퐁사에서 성삼을 배려해 줄 이유는 존재하지 않았다.

원래부터 듀퐁사의 콧대는 높기로도 유명했고.

"듀퐁사가 우대하는 건 스카이 포레스트뿐이로군. 성삼은 그들의 눈에 차지도 않는 거야."

이철병은 다시 한번 스카이 포레스트와 성삼의 차이를 실감했다.

심지어 듀퐁가의 직계가 직접 미국에서 대한민국까지 날아왔다는 건 그만큼 차준후를 신경 쓰고 있다는 방증이었다.

얼마나 급했으면 직접 찾아왔겠는가.

"아무래도 내일은 스카이 포레스트로 직접 찾아가야 하나?"

이철병은 이번에 듀퐁사와 만남을 간절히 원했다.

그리고 그 만남에 스카이 포레스트의 도움을 받았으면 싶었다. 차준후가 적극적으로 나서면 듀퐁사와 기술 제휴가 가능해 보였다.

"듀퐁사에 엄청난 영향력을 끼치는 것이 분명해."

그의 사업적인 감이 그렇게 말하고 있었다.

평소 철저히 계산하여 뚜렷한 근거를 가지고 사업을 추진하는 걸 선호하는 이철병이었다.

그러나 차준후를 상대로는 하나하나 따진다는 게 무의미했다. 너무나도 앞서 나가는 차준후는 감히 계산할 수 있는 사내가 아니었다.

차준후와 엮인 일에서만큼은 이성적인 계산보다 직감을 믿어야만 발끝이나마 간신히 따라갈 수 있었다.

* * *

"성삼그룹의 이철병입니다."

이철병의 영어는 수준급이었다.

"조나단 듀퐁입니다."

차준후가 보는 앞에서 이철병과 조나단 듀퐁이 인사를 나눴다.

그룹 차원에서의 접촉은 무산됐지만 이철병은 결국 차준후를 통해 조나단 듀퐁을 만날 수 있게 됐다. 대한민국에서 잘나가고 있는 성삼그룹이었지만 듀퐁사에게는 이름도 들어 보지 못한 기업일 뿐이었다.

만약 차준후가 아니었다면 만남 자체가 성사되지 못했으리라!

"빠르게 성장하고 있는 성삼그룹입니다. 국내에서 스카이 포레스트 다음의 위치를 두고서 대현그룹과 다투고 있지요."

차준후가 부연 설명을 해 줬다.

그 이야기를 듣고 있는 이철병의 미간이 살짝 찌푸려졌다가 빠르게 펴졌다.

'재계 2위를 두고서 대현과 다투다니……'

대현그룹의 성장은 너무나도 빨랐다. 그리고 그 성장은 차준후와 함께하는 굵직굵직한 사업들 덕분이었다.

"아! 조선소를 만드는 대현그룹은 들어 봤습니다."

조나단 듀퐁도 뉴스에서 대현그룹을 들어 봤다.

다시 한번 대현그룹에 밀리게 된 성삼그룹이었다.

중공업에 일찍 뛰어들지 않고 시기상조라고 여긴 이철

병의 선택이 불러온 부메랑이었다.

"성삼도 차후에 조선소를 만들 계획을 가지고 있습니다."

대현조선소의 성공을 지켜보면서 조선소 진입을 계획하고 있는 이철병이었다. 후발주자로 뛰어들어도 대현그룹을 따라잡을 수 있다는 자신감이 있었다.

풍부한 자금력과 인력을 활용해서 대현그룹을 따라잡고 조선소 산업의 일인자로 우뚝 서겠다는 계획이었다.

"그렇군요. 그런데 저를 꼭 만나서 꼭 하고 싶은 이야기가 있다고요?"

"이렇게 찾아온 이유는 듀퐁사와 기술 제휴를 맺고 싶기 때문입니다."

이철병은 선진 기업과 기술 제휴를 하는 걸 선호했다. 직접 기술을 개발하는 것보다 시간과 비용을 단축시킬 수 있었기 때문이었다.

그리고 이건 차준후도 일부 동의하는 내용이었다.

기술 제휴를 통해 빠른 성장을 이뤄 나가는 것도 나쁘지 않았다. 그리고 이런 부분에 있어 강점을 가지고 있는 기업이 바로 성삼그룹이었다.

"기술 제휴라고요?"

조나단 듀퐁이 다소 마뜩잖은 표정을 지었다.

세계 최고의 기술력을 지니고 있는 듀퐁사의 입장에서

성삼그룹은 그야말로 별 볼 일 없었다.

"성삼모직은 골든보이라는 원단을 직접 개발할 정도의 역량이 있는 기업입니다."

"볼 수 있을까요?"

"여기 있습니다."

이철병이 골든보이 원단을 보여 줬다.

수입 원단을 대체하고 있는 골든보이 원단은 국내에서 없어서 못 파는 지경이었다.

조나단 듀퐁이 직접 원단을 꼼꼼하게 살펴봤다. 눈으로 보고, 손으로 만져 보고, 원단을 거칠게 구겼다가 펴보기도 했다.

듀퐁 가문에서 자란 그는 원단에 관심이 많았고, 또 전문가였다.

"음! 나쁘지는 않네요."

조나단 듀퐁이 박하지 않은 평가를 내렸다.

조마조마한 심정으로 지켜보고 있던 이철병의 입가에 잔잔한 미소가 튀어나왔다.

"그렇다고 좋은 편도 아닙니다. 보풀이 생각보다 많고, 또 원단의 인장력도 떨어져서 회복력도 아쉽습니다. 세계 시장에서 경쟁하기에 부족함이 많습니다."

조나단 듀퐁이 냉정하게 평가했다.

나쁘지 않다는 평가에는 최빈국인 대한민국에서 그럭

저럭 판매할 제품이라는 게 전제로 깔려 있었다.

골든보이 원단을 이용한다면 저가로 판매하는 의류가 아닌 이상 잘 팔리기 힘들었다. 이런 저가 원단으로 옷을 만들면 오래 입는 것이 어려웠다.

"그렇군요."

이철병이 인정했다.

사실 그 역시 골든보이 원단의 한계를 알고 있었다. 그렇기에 듀풍사와 기술 제휴를 간절히 원하고 있는 것이었고.

"알고 계셨군요?"

"기술이 부족해서 좋은 원단을 만들지 못하고 있습니다. 그 부족함을 듀풍사와의 기술 제휴를 통해 채워 넣고 싶습니다."

성삼모직은 성삼그룹의 모태가 되는 계열사였다.

성삼그룹이 성장하기 위해서는 성삼모직이 더욱 잘나가야 했고, 그 기회가 바로 듀풍사와의 기술 제휴에 있었다.

"솔직히 기술 제휴에 있어서 부정적인 입장입니다."

조나단 듀풍은 성삼그룹과의 협력을 원하지 않았다.

기술 제휴에 대한 비용을 받는다고?

얼마나 되겠는가.

듀풍사는 그들이 가진 기술의 가치를 잘 알고 있었고,

특별한 경우가 아닌 이상 자신들의 기술을 외부에 제공하지 않았다.

"기술 제휴는 어렵습니까?"

다시 한번 묻는 이철병은 아쉬운 마음을 금치 못했다.

"예. 성삼그룹과 단독으로는 말이죠. 하지만 스카이 포레스트와 함께 삼자 협상이라면 가능성이 있기는 합니다."

"그 말씀은?"

"차준후 대표의 선택에 달렸습니다."

조나단 듀퐁은 슬쩍 차준후를 끌어들였다.

이번 SF 패션 투자와 나노 징크옥사이드 협상 건에 성삼그룹의 기술 제휴를 추가하여 함께 논의하자는 소리였다.

이렇게 자리까지 마련해 준 것을 보면 차준후에게 성삼그룹을 도울 생각이 있다는 판단에서 내린 돌발적인 제안이었다.

"도와주십시오."

이철병이 차준후의 도움을 진심으로 청했다.

"긍정적인 방향으로 이야기를 해 봅시다."

차준후는 어차피 듀퐁사와 긍정적으로 협력을 할 계획이었다.

어차피 SF 패션에서 생산하는 원사와 원단은 전부 자체적으로 소화할 계획이었기에 딱히 성삼모직과 내수 시장에서 경쟁할 생각도 아니었으니 스카이 포레스트가 피해를 볼 일은 없었다.

그리고 본래 스카이 포레스트가 성삼모직에서 수입해 오는 물량이 사라지게 되는 만큼 성삼그룹은 타격을 입을 테니, 그걸 메워 주는 것도 나쁘지 않겠다는 생각도 있었다.

대한민국의 발전에는 성삼그룹이 필요했다. 도와줄 수 있는 일이 있다면 도와주지 않을 이유가 없었다.

"고맙습니다. 이렇게 선뜻 도와주다니, 이 은혜 잊지 않겠습니다."

이철병은 차준후에게 고마움을 표했다.

어느 누가 이렇게 발 벗고 도와주겠는가?

경쟁사가 될 수도 있는 기업을 대승적인 차원에서 도와주고 있다는 걸 알았다.

'마음이 바다처럼 넓구나.'

이철병이라면 절대 이렇게 경쟁사에게 큰 도움을 주지 않았다. 오히려 기회가 생기면 압박해서 인수합병을 하거나 무너뜨리려고 노력했을 것이 분명했다.

실제로 지금까지 그는 협력하기보다는 경쟁사들을 압박해 오면서 사업을 해 왔다.

그런 이철병이 차준후의 넓은 배포를 보면서 많은 걸 느꼈다.

"대한민국이 잘되자고 하는 일이니까요."

성삼모직에서 생산하는 원사와 원단이 잘 나오면 의류 생산 업체들에게 커다란 도움이 된다.

좋은 품질의 원단으로 만든 의류는 그만큼 좋은 가격을 받을 수 있고, 이는 자연스럽게 대한민국의 경제 발전에 보탬이 된다.

스카이 포레스트와 듀퐁사, 성삼그룹의 기술 제휴에 대한 물꼬가 트였다.

배터리

 일본은 경제가 활성화되면서 해외에 수많은 제품들을 수출하고 있었다. 그 가운데 배터리가 포함이 되어 있었다. 다양한 크기의 일본 배터리들을 찾는 소비자와 기업들이 많았다.
 뿌리산업이라고 할 수 있는 기초과학에 상당한 투자를 하고 있는 일본은 1990년대에 세계 최초로 리튬이온 배터리를 상용화한 배터리 강국이다.
 리튬이온전지를 개발한 공로로 노벨화학상 수상자도 배출하는 쾌거를 만들어 낸다.
 자동차, 조선, 전자제품 등 배터리가 들어가지 않는 곳은 없었다. 그만큼 배터리는 첨단, 신산업에 필수적으로 요구되는 기초산업이다.

배터리 원천 기술에서 상당한 우위를 점하고 있는 일본은 미국을 비롯한 유럽에 효율 좋은 배터리를 좋은 가격에 수출하였다.

싼요, 파라소닉, 미쓰비사, 쏘니 등 이름만 들어도 알 만한 유명 기업에서 배터리, 라디오 등 다양한 전자제품을 수출하면서 많은 달러를 벌어들이고 있었다.

"음! 미국 듀퐁사에서 새로운 배터리를 개발하고 있다는 소문은 들으셨소?"

싼요의 임원이 파라소닉, 미쓰비사, 쏘니 관계자들과 일식집에서 회동을 하고 있었다. 이들은 정기적으로 모임을 가지면서 관련 업계의 주요 현안 등을 논의하였다.

"새로운 배터리요?"

파라소닉에서 나온 임원은 금시초문이었다.

"우리 일본의 배터리를 상회하는 성능을 지닌 배터리라고 들었습니다. 이 정보가 사실이라면 세계 시장 경쟁이 어려워질 겁니다."

"배터리라는 게 그렇게 쉽게 개발되는 것이 아니지 않습니까."

현재 세계 시장에서 일본산 배터리가 빠르게 치고 올라오며 점유율 약 33%, 미국산 배터리가 점유율 약 34%로 박빙의 경쟁을 펼치고 있었다.

아직까지는 미국이 세계 1위의 점유율을 차지하고 있었

지만, 조만간 일본이 제칠 것으로 전문가들은 예측했다.

그런데 듀퐁사에서 일본산 배터리의 성능을 뛰어넘는 새로운 배터리를 개발한 것이 사실이라면, 미국을 제치고 1위로 올라서기는커녕 다시금 뒤처지게 될지도 몰랐다.

"이렇게 소식이 느려서야 어떻게 합니까. 듀퐁사에서 스카이 포레스트가 개발해 낸 나노 징크옥사이드를 공급받아 배터리를 개발했다고 합니다."

싼요의 관계자가 말했다.

그는 이제야 간신히 일본의 배터리가 세계 시장에서 1위로 우뚝 올라서리라 기대했건만, 뜬금없이 등장한 나노 징크옥사이드 때문에 그 원대한 꿈이 무너질까 두려워하고 있었다.

"미쓰비사에서는 들은 게 없습니까?"

미쓰비사의 임원은 아까부터 굳은 표정이었다. 뭔가 알고 있는 게 분명해 보였다.

미쓰비사는 스카이 포레스트에 일찌감치 관심을 가지고 있었고, 이번 나노 징크옥사이드도 마찬가지로 무척이나 신경을 기울였다.

"맞습니다. 나노 징크옥사이드는 배터리 성능을 크게 높여 줍니다."

"확인하신 겁니까?"

"네. 어렵게 구한 나노 징크옥사이드로 이미 실험을 해 봤습니다."

 주한 미군 관계자를 통해 대한민국 국군에게 공급되고 있는 나노 징크옥사이드 중 일부를 빼돌려 거금을 주고 구매했다.

 그리고 곧바로 연구소에 맡겨 실험을 진행했고, 충격에 빠질 수밖에 없었다.

 "실험 결과는 어떻게 나왔습니까?"

 "기존에 쓰던 징크옥사이드를 나노 징크옥사이드로 대체해서 사용한 것뿐인데 배터리 효율이 10% 이상 높아졌습니다."

 "헉!"

 "그게 정말입니까?"

 "제가 따뜻한 밥 먹고 헛소리를 할 이유가 없지요."

 충격적인 진실에 실내가 조용해졌다.

 무척이나 안 좋은 소식이었다.

 "음! 그러면 우리도 나노 징크옥사이드를 사용하면 되는 거 아니겠습니까?"

 싼요 임원은 빠르게 스카이 포레스트와 접촉을 할 작정이었다.

 "그것이 어렵습니다."

 "듀퐁사와 스카이 포레스트가 독점 계약을 맺은 겁니까?"

 "스카이 포레스트에서는 다른 기업들과 독점을 맺지

않습니다."

 미쓰비사 임원은 스카이 포레스트의 정책에 대해 잘 알고 있었다.

 "그럼 문제 될 것이 없지 않습니까?"

 "……스카이 포레스트는 일본 기업과 협력할 의사가 없어 보입니다."

 "네? 그게 무슨 소립니까?"

 "우리 미쓰비사 그룹의 계열사인 조선소의 임원이 스카이 포레스트의 본사까지 직접 찾아갔는데, 정문을 넘어서지 못하고 그냥 돌아왔습니다. 한 번만 미팅을 할 수 있게 해 달라고 간곡히 요청했는데, 무시로 일관했다고 합니다."

 미쓰비사 나가사키 조선소의 고위 임원인 후쿠오 전무가 대한민국까지 가서 겪었던 일은 미쓰비사 그룹의 모든 임원들에게 알려졌다.

 이 소식을 전해 들은 임원들은 모두 크게 분노했지만, 그렇다고 해서 그들이 할 수 있는 일은 없었다.

 "예? 우리 일본 기업과 협력할 수 있다면 대한민국에는 무척이나 좋은 일 아닙니까?"

 "땅 파서 장사하는 겁니까? 이득이 눈앞에 있는데, 어째서 유리한 거래를 마다하는 겁니까?"

 대부분의 산업에서 일본의 기술력은 대한민국을 앞서

고 있을 뿐만 아니라, 세계 시장에서도 선진국들과 경쟁을 벌일 정도로 우수했다.

또한 지리적으로도 대한민국과 일본은 무척이나 가까우니, 일본과 대한민국의 협력은 대한민국에 이득이 되는 면이 더 컸다.

그런데 스카이 포레스트는 어째서 그런 유리한 거래를 하지 않는 것인지 이해가 가지 않았다.

"스카이 포레스트는 다른 한국의 기업들과 다릅니다. 스카이 포레스트는 우리 일본의 기술력이 아쉬운 기업이 아니에요."

스카이 포레스트는 1년에도 몇 번씩 세상을 놀라게 할 만한 특허를 출시하며 전 세계를 요동시켰다.

전 세계 어디를 뒤져 보더라도 이런 기업은 없었고, 앞으로도 다시 나올 거라는 생각이 들지 않을 정도였다.

심지어 스카이 포레스트가 지금도 아직 세상에 드러내지 않은 것들이 많을 거라고 수많은 이들이 추측하고 있었다.

대한민국의 다른 기업이라면 모를까, 스카이 포레스트가 상대라면 함께 협업했을 때 유리한 건 일본의 기업이었다.

"음! 일단 제안은 해 보고, 거절을 당한다면 자체적으로 나노 징크옥사이드를 생산하는 수밖에 없겠군요."

"직접 나노 징크옥사이드를 개발하자는 거군요."
"싼요는 이미 연구소에서 자체적으로 개발하기 위해 특허를 우회할 수 있는 방법을 연구 중에 있습니다. 그런데 우리가 협력을 해서 공동으로 개발한다면 더 좋은 결과를 낼 수 있겠죠."
"동의합니다."
"우리들이 힘을 합쳤으니 못해낼 일이 없겠군요."
"개발한 뒤에 공동 지분으로 나누어서 나노 징크옥사이드를 관리합시다."
"그렇게 하면 스카이 포레스트에게 한 방을 크게 먹일 수 있겠군요."
"스스로 자기 목을 매어 버린 거죠. 국제 사회에서 협력을 거절하는 건 어리석은 일입니다."
세계적으로 명성이 드높은 일본 배터리 업체의 기업들이 하나로 뭉쳤다. 드림팀이라고 말할 수 있을 정도였다.
"정부에서도 배터리 연구 자금을 지원해 준다고 합니다."
"그래요? 그러면 연구를 하는 데 한결 부담이 적어지겠군요."
"정부는 스카이 포레스트의 행태에 많은 불만을 가지고 있습니다. 다른 국가들은 특허를 마음껏 이용하는데, 우리 일본은 제약을 받고 있기 때문이지요."

여러 선진국에서는 LNG 특허 사용을 허가받아서 연구, 개발을 진행 중인데, 일본의 기업들만 특허 사용을 허가받지 못해 아무것도 할 수 없는 상황에 결국 일본 정부까지 스카이 포레스트와 협의를 하기 위해 나섰다.

그동안 조선업 육성에 많은 투자를 해 왔던 일본이기에 LNG 특허 사용을 허가받지 못해 세계 시장에서 뒤처지게 된다면 그 피해가 막심하기 때문이었다.

그러나 차준후는 일본 정부 관계자들의 만남 요청을 전부 거절했고, 일본만을 LNG 산업에서 배제시키는 스카이 포레스트의 작태에 일본 정부는 크게 불만을 가졌다.

그리고 어떻게든 스카이 포레스트의 특허를 우회하여 LNG 산업 기술을 개발할 수 있도록 정부 차원에서 지원을 아끼지 않았다.

그것이 배터리에서도 그대로 적용된 것이었다. 일본은 지금 이 자리의 모인 기업들이 스카이 포레스트의 특허를 어떻게든 우회하여 나노 징크옥사이드를 개발할 수 있도록 국가적인 역량을 동원하였다.

그러나 일본은 몰랐다.

차준후의 특허에는 21세기까지의 기술들이 망라되어 있다는 사실을 말이다.

차준후처럼 미래 지식을 가지고 있거나, 또는 정말 그 미래 지식을 넘어설 정도로 뛰어난 기술을 개발할 수 있는 천재가 있는 게 아니라면 아무리 눈에 불을 켜고 애를 써도 스카이 포레스트의 특허를 우회한다는 건 불가능했다.

* * *

"일본의 배터리 업체들이 신소재 연구를 위해서 뭉쳤다고 합니다."
"……나노 징크옥사이드 연구 때문인가요?"
"맞습니다."
차준후의 물음에 조나단 듀퐁이 고개를 끄덕였다.
조나단 듀퐁은 일본 배터리 업체들의 힘을 잘 알고 있었다.
일본에는 세계적으로도 명망 높은 연구원들이 많았고, 이들은 세계 시장에 출시된 제품들을 끊임없이 연구한 끝에 기존의 제품을 상회하는 성능을 지닌 신제품을 출시해 냈다.
모조품이 원조품의 성능을 뛰어넘은 것이다.
특히 일본의 배터리 업체들은 듀퐁사의 제품 기술을 집요하게 연구했고, 집요한 연구 끝에 듀퐁사의 특허 기술을 우회한 제품을 만들어 내곤 했다.
그 탓에 듀퐁사를 비롯한 미국의 배터리 업체들은 일본

기업들에게 조금씩 시장 점유율을 빼앗기고 있었다.

듀퐁사로서는 초조해질 수밖에 없는 상황이었고, 그래서 어떻게든 스카이 포레스트에게 나노 징크옥사이드를 공급받을 수 있도록 이번 거래에 많은 신경을 기울이고 있는 것이었다.

그런데 만약 일본의 배터리 업체들이 나노 징크옥사이드까지 자체적으로 개발해 낸다면?

스카이 포레스트와의 협의를 잘 끝내서 이제 나노 징크옥사이드를 공급받고 다시 세계 시장에서 듀퐁사의 배터리가 앞서 나갈 수 있게 되리라 생각했는데, 그 모든 계획이 수포로 돌아갈 수도 있었다.

"저들이 다 같이 머리를 맞대고 연구를 한다고 해도 스카이 포레스트의 특허를 우회해서 나노 징크옥사이드를 개발하기란 어려울 겁니다."

과연 일본 기업들이 과연 스카이 포레스트의 특허를 우회할 수 있을까?

차준후는 회의적이었다.

만약 해낸다면 그건 정말 대단한 일이고, 인정할 수밖에 없었다.

스카이 포레스트가 등록한 나노 징크옥사이드 특허에는 21세기까지 개발된 모든 나노 징크옥사이드 제조법이 등록되어 있었으니까.

"자신이 있으신 모양이군요."

"이런 상황이 올 수도 있다고 생각해서 꼼꼼하게 특허를 신청했습니다."

"차준후 대표님이 이렇게까지 자신 있게 말씀해 주시니 불안했던 마음이 싹 사라지네요."

"걱정은 내려놓으셔도 됩니다."

차준후는 일본 배터리 업체들이 별다른 방법을 강구하지 못하리라 확신했다.

21세기의 발전된 과학 기술과 장비를 이용하여 연구를 거듭한 끝에 찾아낸 제조법들까지 모조리 등록했는데, 1962년의 과학 기술과 장비로 새로운 제조법을 찾아낼 가능성은 전무했다.

"이건 노파심에서 물어보는 건데, 일본 배터리 기업들과 거래를 하지는 않으시겠지요?"

조나단 듀퐁은 차준후가 일본이라면 치를 떨고 있다는 걸 알았다.

그렇지만 묻지 않을 수 없었다.

"음! 아시는지 모르겠지만 얼마 전까지 대한민국은 일본에 의한 강점기 시절을 보냈습니다."

"안타까운 시절이 있었다는 건 알고 있습니다."

"일본은 진심으로 대한민국에 사과를 하지 않고 있습니다. 툭하면 대한민국의 발전을 앞당겼다는 망언을 내뱉고도 있죠."

 한국인들을 분노하게 만드는 망언을 매번 되풀이하고 있는 일본인들이었다.

 일본의 망언 투척은 한일 관계 정상화에 대한 의지를 찾아보기 힘들다. 일본 정부와 정치인들의 반복되는 망언들을 듣다 보면 한국인들은 분노하지 않을 수 없었다.

 이 정도면 일본의 정신적인 문제였다.

 반성 없는 일본의 행태는 어떻게 보면 힘없는 대한민국의 비애이기도 했다.

 국력이 약하다 보니 일본의 망언에 강력하게 항의를 해도 허공에 대고 소리치는 격에 불과했다. 국제사회에서 국력이 강해야 충격적인 망언을 박살 낼 수 있는 법이었다.

 "저라도 그런 소리를 들으면 분노가 치밀어 오르겠군요."

 패배했으면 깔끔하게 인정하고 정리를 해야지.

 구질구질 지저분하게 이유를 가져다 붙이니 식민 지배를 당했던 나라들이 분노할 수밖에.

 일본은 대한민국을 두고서 항상 우월한 위치에 있으려고 했다. 그렇지만 그 우월함이 스카이 포레스트와 차준후에게는 통하지 않았다.

 차준후의 등장으로 일부분에서는 일본과 대한민국의

위아래 위치가 바뀌어 버렸다. 그리고 그 바뀐 영역이 조금씩 확장되어 갔다. 앞으로도 꽤나 바뀌어 나갈 것이 분명했다.

"게다가 거래를 요청한 일본 기업들 중에는 전범 기업들이 포함되어 있습니다. 일본 기업이라 할지라도 일본의 잘못을 인정하고 반성하는 기업이라면 거래를 할 의향이 있지만, 전범 기업만큼은 무슨 일이 있더라도 함께 사업을 할 생각이 없습니다."

차준후가 명확하게 밝혔다.

지금 일본에서 세계적으로 잘나가는 기업들 가운데 적잖은 곳들이 전쟁과 연관이 되어 있었다.

돈?

돈을 많이 벌면 좋은 일이지.

그러나 억만금은 벌 수 있다 할지라도 일본의 전범 기업들과는 결단코 함께 사업할 생각이 없었다. 전범 기업이 스카이 포레스트의 기술과 특허를 이용하는 날은 오지 않는다.

'일본에 대한 반감이 상당하구나.'

조나단 듀퐁은 일본 배터리 업체들과 스카이 포레스트의 협력을 걱정하지 않기로 했다.

일본 배터리 기업들과 치열하게 경쟁하고 있는 듀퐁사에게 있어 참으로 잘된 일이었다. 당연히 일본 배터리 기업들에게는 엄청난 악재였다.

 배터리 산업은 발전 가능성이 높고, 이윤이 많이 나는 사업인 동시에 여러 산업들과 연결이 되어 있다.

 전자제품의 발전과 함께 배터리는 진화한다. 지속적으로 발전하는 배터리 산업의 미래를 차준후는 알고 있었다. 그리고 배터리 산업 성장의 과실이 일본에 집중되는 걸 원하지 않았다.

 '이번 듀퐁사와의 협약을 통해 국내에도 배터리 기업을 만들어야겠다.'

 차준후는 계열사로 배터리 업체도 하나 만들기로 마음먹었다.

 배터리의 미래 발전 가능성을 보고 사업 투자를 결심한 것이기도 했지만, 이 시대의 대한민국에도 큰 도움이 될 것이라 판단했기 때문이었다.

 1962년 6월, 군사정부는 제한 송전을 발표하며 전국적으로 정해진 시간에는 송전을 차단한다.

 정부는 전력 부족 문제를 해결하기 위해 제1차 전원개발 5개년 계획을 수립하며 발 빠르게 움직이지만, 제한 송전은 1964년이 되어서야 끝이 난다.

 제한 송전이 시작되며 촛불에 의지해서 어둠을 몰아내는 가정집들이 전국에 상당했다. 조금 더 여유가 있는 집들은 손전등을 비치해 놓았다.

그러나 초나 손전등은 그 한계가 명확했다.

차준후는 초와 손전등이 아니라 배터리를 통해 가정집에서 전기를 사용하게 만들 작정이었다. 이번에도 일을 크게 키웠다.

"무슨 생각을 그렇게 하십니까?"

조나단 듀퐁이 사색에 빠져 있는 차준후를 보면서 물었다.

"배터리에 대해서 생각해 봤습니다. 일본 기업들이 기를 쓰고서 좋은 배터리를 만들려고 하는데, 스카이 포레스트도 할 수 있어 보여서요."

대한민국을 발전시키면서 일본의 성장을 방해하는 일이었다. 방해한다는 표현보다 스카이 포레스트가 성장하면 일본이 피해를 본다는 게 정확했다.

니켈 수소 배터리는 일본의 미래 먹거리였으니까.

그 시장을 스카이 포레스트가 미리 선점하려고 했다.

"아! 배터리 산업에 진출을 하시려는 겁니까?"

"네."

스카이 포레스트의 배터리 산업 진출을 확정시키는 차준후였다.

'니켈 수소 배터리를 만들어야겠다.'

대학에서 화학과를 전공한 차준후는 배터리에 대해서 잘 알고 있는 전문가에 속했다.

니켈 수소 배터리는 니켈과 수소의 전기화학적 반응을 이용한 2차 전지다. 양극에 니켈, 음극에 수소 저장 합금, 그리고 전해질로 알칼리 기반의 수용액을 이용하면 된다.

 최초로 등장하는 시기가 1971년이었으니, 지금 등장시키면 무려 약 10년 정도를 앞서는 것이었다.

 니켈 수소 배터리의 장점으로는 저렴한 비용과 급속 충전이 가능하다는 점이다. 최대 3,000번까지 재충전이 가능해서 가성비가 무척 좋았다.

 또한 저온에서도 우수한 특성을 유지했다.

 "이번에도 혁신적인 배터리를 발표하실 생각입니까?"

 조나단 듀퐁이 기대와 우려가 공존한 표정으로 물었다.

 차준후가 하는 신사업이다.

 뭔가 기발한 게 또 떠올랐으니 저렇게 사색에 잠겼겠지.

 일본 기업들은 떨쳐 내려고 대한민국까지 찾아온 것인데, 대한민국에서 엄청난 경쟁자가 나타나려 하고 있었다.

 그런데 걱정이 되는 한편 기대가 되기도 했다.

 무엇을 만들든 항상 세상에 없던 획기적인 걸 만들어 내던 차준후였다. 그가 이번에는 어떤 혁신적인 배터리를 만들어 낼지 기대가 됐다.

 "고민 중인 건 있습니다."

니켈 수소 배터리에 대해서 밝히지 않는 차준후였다.

밝히는 건 특허를 등록하고 난 뒤에 해도 늦지 않았다. 그러지는 않겠지만 괜히 미래 지식을 자랑하듯 내놓았다가 듀퐁사에게 뒤통수를 맞을 수도 있었다.

미래 지식은 함부로 꺼내 놓는 것이 아니었다. 철저하게 보호받으며 이용할 수 있는 환경을 만든 다음에 꺼내야만 했다.

"이미 마음속에 새로운 배터리에 대한 구상을 어느 정도 마친 거죠?"

"네."

어느 정도라는 표현은 객관적이지 않고 주관적이었기에 차준후가 숨기지 않았다. 이미 확고하게 정해 둔 상태라는 걸 조나단 듀퐁은 미처 몰랐다.

"역시 대단하네요. 앞으로 친하게 지냅시다."

조나단 듀퐁이 웃었다.

이런 대단한 사람과 인맥을 쌓았다는 사실만으로도 웃음이 나왔다. 빛나는 사람 옆에 있으면 함께 빛날 수 있는 법이었다.

천재와 함께하다 보면 얻는 게 많았다.

듀퐁사만 해도 케불라를 비롯해서 배터리에 사용할 신소재까지 얻지 않았는가.

반면 천재와 불화를 겪고 있는 일본의 경우는 그야말로

쪽박을 차고 있었다. 천재의 미움을 받으면서 새로운 역사의 흐름에 합류하지 못했다.

지금만 해도 이런데, 앞으로 천재가 새롭게 내놓는 특허와 세상을 깜짝 놀라게 만들 물건들로 앞으로 더욱 일본의 기업들이 어려워하지 않을까?

천재는 상상 그 이상을 보여 주고 있었다.

* * *

차준후는 1960년대에 부족한 것이 많다는 걸 실감했다.

이 당시만 해도 전력 생산이 부족해서 밤만 되면 서울 시내 곳곳도 어두워졌다. 그나마 전력 시설이 잘되어 있는 서울이 이 지경이었다.

농촌은 해가 저물고 어둑어둑해지면 돌아다니는 사람들이 현저하게 줄어들었다. 밤이 되면 어두워져서 할 일은 없고, 잠이 오지 않아도 억지로 자야 하는 환경이었다.

고속도로와 지하철이 깔리고 있는 대한민국이지만, 이 당시에는 아직도 전기가 들어오지 않는 곳에 살고 있는 이들이 적지 않았다.

그리고 그런 이들은 밤에 어둠을 몰아낼 수만 있다면 부업을 더 많이 수 있을 텐데 하는 아쉬움을 가졌다.

스카이 포레스트에서는 노동력이 많이 들어가는 큐빅

장신구와 의류 등에 외부 인력을 활용하고 있었다. 직고용을 통해서 할 수도 있는 일이었지만 국민들에게 부업거리를 제공하였다.

이런 정책으로 많은 이들이 큐빅으로 만든 장신구나 옷의 실밥 등을 제거해서 스카이 포레스트에 납품하여 나름 쏠쏠하게 돈을 벌 수 있었다.

- 스카이 포레스트 덕분에 요즘 먹고산다.
- 열심히 큐빅 장신구를 만들면 삼시 세끼 배불리 먹을 수 있어.
- 아이들을 학교에 보낼 수 있어서 너무 행복해.
- 스카이 포레스트만큼 국민을 챙겨 주는 기업은 없어.

전기가 들어오지 않는 곳에서 살고 있는 이들은 집에 촛불을 켜 놓고 큐빅 장신구와 옷감 정리들을 하였다.
그렇지만 촛불이 무척이나 약해서 일을 하는 데에 있어서 한계가 분명했다.
"배터리를 대여해 주는 사업을 하면 어떻겠습니까?"
차준후는 전기도 들어오지 않는 집에서 사는 가난한 사람들에게 빛을 선물해 주고 싶었다.
밤에도 열심히 일해서 돈을 벌 수 있다면?
빈곤에서 빨리 벗어날 수 있다.

빈곤 가정들의 삶을 향상시켜 줄 수 있는 배터리였다.

때마침 듀퐁사에서 배터리 사업 합작을 제안하기도 했고, 좋은 기회였다.

"배터리요?"

문상진이 눈을 끔뻑거렸다.

갑자기 무슨 배터리 이야기인지 감조차 잡히지 않았다.

차준후는 종종 뜬금없이 사업을 꺼내 놓고는 하는데, 관련된 문제를 해결하기 위해서는 문상진을 비롯한 임직원들이 분주하게 움직여야만 했다.

이번에도 그런 경우라는 걸 문상진이 직감했다.

'일찍 들어가서 가족을 보면서 지내라면서요? 왜 자꾸 일거리를 늘리는 겁니까?'

또 야근을 하게 된 문상진이 속으로 울부짖었다.

급한 일들을 얼추 마무리하고, 이제 정시에 퇴근할 수도 있겠다 싶었다. 그런데 또다시 차준후가 일거리를 안겨 줬다.

"배터리만 있으면 간단한 작업을 통해 조명 시설을 설치할 수 있잖습니까?"

배터리를 활용하면 전봇대를 설치하고 전깃줄을 설치하지 않아도 된다.

"그렇지요."

"저렴한 가격에 배터리를 대여해 주는 겁니다. 깜깜해

져서 부업을 하지 못하는 집집들이 많다고 들었습니다. 만약 밤에도 대낮처럼 환하다면 부업을 늘릴 수 있고, 집집마다 돈을 더 벌 수가 있는 거죠."

"낮에도 일하고, 밤에도 열심히 일하라는 거군요."

"어? 그렇게 되나요? 쉬어 가면서 일해야 하는데······."

주거 환경 개선인데, 더 많은 일을 하도록 만드는 것처럼 보일 수도 있기는 했다.

"가족을 위해 한 푼이라도 더 벌려고 게 부모님의 마음입니다. 배터리로 어둠을 밝히면 밤에도 열심히 일하는 집안이 늘어날 겁니다."

가난한 가정들은 스카이 포레스트의 부업에 푹 빠져 있었다. 특히 큐빅 장신구는 하나를 만들면 제법 쏠쏠하게 돈이 떨어졌기에 하루 종일 만드는 아낙네들도 있었다.

이런 큐빅 장신구들이 모여서 미국을 비롯한 해외로 수출됐다. 좁쌀처럼 작은 크기의 큐빅으로 장신구를 만들기 위해서는 그야말로 노동력이 많이 들어갔다.

이는 큐빅을 만드는 집안과 스카이 포레스트가 모두 이익을 보는 상생의 사업이었다. 빈곤 가정이 스스로 일어설 수 있도록 차준후는 많은 신경을 쓰고 있었다.

이러면서 스카이 포레스트는 돈도 벌고 사회적으로 인정을 크게 받았다. 한국인들이 가장 사랑하는 기업이 바로 스카이 포레스트였고, 가장 존경하는 사업가는 바로 차준후였다.

"음! 그러면 배터리 대여 사업은 우선적으로 부업을 하는 사람들을 대상으로 하는 겁니까?"

"그렇죠. 일하는 집안을 돕는 사업입니다."

차준후는 가족을 부양하고 더 나은 미래를 위해 노력하는 사람들을 좋아했다. 그러면서 스카이 포레스트와 함께 스스로 길을 다져 나아가는 사람과 가정을 먼저 지원하려고 했다.

배터리 자원은 유한하다.

전국의 모든 전기가 들어오지 않는 집안을 지원할 수는 없는 노릇이었다. 그렇기에 열성적으로 빈곤에서 탈출하려고 노력하는 집안을 먼저 챙길 수밖에 없었다.

어느 정도는 경쟁이 필요했다.

무조건적인 복지는 사람들의 열정을 갉아먹을 수도 있었다. 그저 도움을 받고 난 뒤에 일하지 않고 복지만 누릴 수도 있는 문제였다.

배터리 대여 사업은 잘사는 방법을 알려 주는 것이지, 무조건적인 복지가 아니었다.

* * *

스카이 포레스트의 유니폼을 입은 직원이 밝은 초록색

바탕의 배터리에 전선을 연결하고 있었다. 초가집의 중앙에는 조명 기구가 매달려 있었다.

"연결합니다."

배터리에는 스카이 포레스트의 로고가 선명하게 찍혀 있었다.

"우와! 빛이다."

"정말 밝다."

"이제 밤에 어둡게 살지 않아도 돼."

"밤에도 큐빅 장신구를 만들 수 있어."

"엄마! 이제는 밤에도 책을 펴고 공부할 수 있어요. 열심히 공부해서 차준후 아저씨처럼 훌륭한 사람이 될게요."

"머리가 좋은 너라면 잘할 수 있을 거야."

시골 마을의 한 가정에 스카이 포레스트에서 나온 배터리 대여 기술자가 조명 기구를 설치해 줬다. 배터리가 연결되자마자 광신전기의 형광등이 밝게 빛났다.

이건 신세계였다.

산골 오지 마을이 문명의 혜택을 받게 된 것이다.

"제가 주기적으로 방문해서 배터리를 바꿔 드릴 겁니다. 혹시라도 그 전에 배터리를 모두 사용하면 대여점에 와서 바꿔 가면 됩니다."

"신경을 써 줘서 감사합니다."

"열심히 큐빅 장신구를 만들어서 납품해 주고 있어서 배터리를 대여해 주고, 조명기구를 설치해 드린 겁니다. 저한테 고마워하지 말고, 열심히 부업을 하신 부인께 고마워하시면 됩니다."

"그래도 고맙습니다."

"형광등을 켜실 때만 배터리 단자를 연결하시면 더욱 오래 사용하실 수 있습니다. 사용을 하지 않아도 연결해 놓으면 전기가 소모되거든요."

"오래 사용해야지요. 사용하지 않을 때는 연결 단자를 빼 놓겠습니다."

"라디오와 연결도 가능해요."

배터리 대여점에 취직한 전기 기술자가 이것저것 알려 줬다.

그는 스카이 포레스트의 직원이 되어서 많은 월급과 함께 환상적인 복지 혜택을 누리게 됐다. 그의 입에서 웃음이 떠나지 않는 이유였다.

오지 마을에서 가장 중요한 것 가운데 하나가 바로 라디오였다. 라디오를 이용하기 위해서는 배터리를 이용해야만 하는데, 이 비용도 절대 무시하지 못했다.

건전지를 구매하기 위해서 멀리 떨어진 읍내까지 가야 하는 것도 적지 않은 부담이었다.

그런데 스카이 포레스트의 배터리를 대여받으면?

라디오에 들어가는 배터리를 더 이상 구매할 필요가 없었다.

게다가 정기적으로 알아서 찾아와 준다고 하지 않는가. 고맙고 또 고마운 일이었다.

"새댁이 열심히 큐빅 장신구를 만들더니, 스카이 포레스트의 혜택을 받은 거구만."

"돈도 벌고, 조명도 설치받고. 정말 부럽다."

"잘 살아 보려고 열심히 일하더니…… 잘될 줄 알았어."

"전기가 들어오면 아이들이 공부하기 좋겠어."

마을에 형광등이 최초로 설치된 낙후된 시골 마을이었다. 오지였기에 전기 시설이 들어오지 않았다.

앞으로도 들어오려면 적잖은 세월이 필요해 보였는데, 스카이 포레스트 덕분에 산골 오지 마을도 이제 전기를 활용할 수 있게 됐다.

"거기 기술자 양반! 우리 집에도 배터리를 빌려주게나. 조명 기구도 설치해 주고 말이야."

"죄송합니다, 어르신. 스카이 포레스트의 일을 함께 하고 있는 집들이 먼저라서요."

이곳 오지 마을에 조명 기구를 설치해 주는 집안은 네 곳으로 정해져 있었다. 큐빅 장신구를 부업으로 하고 있는 집들이었다.

개인적으로 요구하는 배터리 대여와 조명 설치 요구는

받아들일 수가 없었다.

"무슨 소리. 돈이라면 달라는 대로 줄 테니까 해 주시게."

백발의 노인이 설치해 달라고 목청을 높였다.

돈으로 해결하면 그만 아닌가.

산골 오지에서 그의 집안이 가장 잘살았다.

못살아서 부업하는 집에도 형광등이 설치되는데, 그의 집에도 있어야 옳았다. 적어도 노인은 그렇게 되어야 한다고 여겼다.

게다가 손자가 공부하기 딱 좋아 보였다. 놀기 좋아하는 손자를 책상 앞에 앉혀 놓고 밤늦게까지 공부시킬 작정이었다.

"죄송합니다, 어르신. 돈을 준다고 해서 되는 게 아닙니다. 저희 쪽에서 책정하고 있는 점수가 있어요. 그 점수가 일정 수준 넘어서야 배터리 대여를 신청하실 수 있습니다."

배터리 대여점 직원이 친절하게 설명해 줬다.

그의 말을 노인을 포함해서 오지의 주민들이 주의 깊게 듣고 있었다.

다행히 노인이 계속해서 고집을 피우지 않았다.

"에잉! 알았네. 며느리에게 열심히 큐빅 장신구를 만들라고 해야겠군. 손자 녀석 공부시키기가 너무나도 힘들군."

노인은 다른 기업에서 나온 직원이었다면 강짜를 부릴 수도 있었다. 그러나 다른 곳이 아니라 국민들을 신경 써 주는 스카이 포레스트의 직원이었다. 그걸 알기에 나름 예의 바르게 행동했다.

정부에서도 신경을 써 주지 않는 오지 마을까지 직원을 보내는 기업이 어디에 있던가.

사실 다른 집들은 부업을 해야 하지만 먹고살 수 있었지만 노인의 집안은 달랐다. 밭이 많아서 아침부터 밤늦게까지 할 일이 산적했다.

그렇지만 노인은 며느리를 밭일에서 따로 빼서라도 스카이 포레스트 일을 하라고 시킬 작정이었다.

전기를 활용한 조명이 너무 멋져 보였다.

"열심히 부업을 해서 빨리 형광등을 집에다 달게요, 아버님."

"저도 부인을 돕겠습니다."

그리고 그건 노인의 옆에 있는 아들과 며느리도 똑같은 심정이었다. 자식을 위해서 부업해서 조명을 설치할 작정이었다.

"잘 생각하셨어요, 어르신. 열심히 부업을 하다 보면 배터리를 대여하실 수도 있어요."

"알겠네."

오지 마을 가정집에 형광등이 설치된다는 건 또 다른

도약의 기회였다. 똑같은 초가집이라고 해도 형광등이 있는 집안은 더욱 멋있어 보였다.

밤에도 불이 켜진 집에 주민들이 모여서 함께 이야기를 주고받고, 또 일을 하였다. 마을의 사랑방처럼 변모하였다.

"이야! 형광등이라는 게 이렇게 좋은 거구나."

"예전에는 무조건 깜깜하게 살아야 하지 않았습니까. 요즘은 너무 신기해서 불을 켜고 자기도 합니다."

"자네는 신세계에서 살고 있군."

"우리 집에도 하루빨리 형광등을 설치하면 좋겠다."

"스카이 포레스트에서는 오지 마을도 신경을 써 주네."

"그러거나 말이야. 정말로 고마운 기업이지."

"고마우니까 스카이 포레스트 제품을 많이 사용해 주자고."

"화장품은 너무 비싸서 사용하기 힘들고요. 생활용품들을 구입하고 있어요."

"흐흐흐! 나도 그래."

스카이 포레스트의 배터리 사업 덕분에 오지 마을 전체의 생산력이 늘어나는 효과가 일어났다. 그리고 그렇게 열심히 번 돈으로 스카이 포레스트의 상품을 구매하였다.

이런 현상이 대한민국 곳곳에서 발생하고 있었다.

* * *

포항 영일만.

척박한 영일만 대지 위에 대한민국 경제에서 중요한 역할을 할 종합제철소가 지어지고 있었다.

불과 몇 년 전까지만 하더라도 아무것도 없는 허허벌판 모래밭이었던 곳이 완전히 변모한 모습이었다.

갈대밭과 늪지대가 즐비한 이곳에 포항철강이 들어설 거라고 예상한 사람은 아무도 없었다. 처음에 제철소가 지어진다고 했을 때 말도 안 되는 일이라고 말하는 이들이 대다수였다.

- 포항철강에서 쇳물이 나오면 내가 손에 장을 지진다.
- 돈을 버리는 거야.
- 대한국제제철차관단에서도 종합제철소가 어렵다고 하잖아.
- 종합제철소를 최빈국인 대한민국이 가까스로 만든다고 해도 운영하기에는 어려울 겁니다. 해외 유수의 철강 업체들도 불경기를 버텨 내지 못하고 도산하기 일쑤입니다.

미국, 영국, 서독 등 5개국 철강사가 모여 설립된 대한국제제철차관단, KISA(Korea International Steel Associates)에서도 포항철강은 사업성이 없다고 평가했다.

한국의 기술력을 철을 만들어도 경쟁력이 없고, 일본의 종합제철소에서 수입을 하는 편이 훨씬 경제성이 높다는 이유였다.

그로 인해 해외에서 차관을 들여오는 것이 어려워졌었다.

그러나 이때 흑기사처럼 등장한 것이 바로 스카이 포레스트였다. 해외의 전문가들이 포항철강의 미래가 어둡다고 말했지만 스카이 포레스트의 차준후는 포항철강에 자금을 과감히 투자하였다.

대한민국 경제 발전에 있어 중요한 기간 산업들이 지금 연달아서 벌어지고 있었다. 그 가운데 가장 중요한 걸 두 가지 뽑으라면 고속도로와 제철소였다.

고속도로는 대한민국을 일일 생활권으로 만들 수 있는 대규모 토목 사업이었고, 제철소에서 만들어지는 철강 제품은 산업의 쌀이나 마찬가지였다.

"많이 바뀌었지요?"

뿌듯한 표정의 박태주가 차준후에게 말했다.

"정말 상전벽해라는 말이 딱 들어맞네요. 여기가 몇 평이나 되는 거죠?"

"250만 평입니다."

영일만 일대의 습지에 항만 준설 공사로 퍼 올린 모래로 메웠다. 이제 습지는 더 이상 보이지 않았다.

단단해진 대지 위에 중장비와 함께 수많은 사람이 일하고 있었다. 이제 막 부지 공사에서 벗어나 본격적인 제철소 공사가 시작되는 단계로 접어들려고 했다.

설계에 따르면 포항철강은 영일만 일대에 22개의 대형 건물로 구성된 거대한 철강 단지였다. 하늘 높이 솟은 굴뚝은 아파트 30층 높이보다 높았고, 길게 이어진 공장은 1km가 넘기도 했다.

단일 공장 공사로는 단군 이래 최대 규모였다.

24개 구획으로 나뉜 부지 위에서 작업자들이 분주하게 움직였다.

구획 하나에 들어서는 거대한 공장이 어지간한 크기의 공장보다 컸다. 이런 24개의 공장이 하나로 유기적으로 연결되어야만 하는 구조였다. 당연히 각 구획의 건설 공정에서 전체적으로 연결되는 세밀함이 필요했다.

그런데 그 세밀함과 함께 작업 속도까지 빨라 보였다.

"정말 엄청난 속도네요."

이처럼 빨리 건설하기 위해 작업자들이 얼마나 고생을 하고 있는 것일까.

차준후는 직접 보지 않아도 관계자들의 노고를 알 수

있었다. 파김치가 되도록 일하는 모습이 눈에 훤했다.

"저를 비롯해서 일하는 모든 근로자가 전투적으로 임하고 있습니다."

"전투라고요?"

"전투적으로 임해서 빨리 끝내겠다는 의미입니다. 어떻게 보면 참으로 의미가 남다른 영일만 지역입니다. 한국전쟁 당시 영일만은 격전지였거든요."

"격전지 위에서 포항철강을 건설하기 위한 전쟁을 벌이는 셈이군요."

"실패하면 역사와 국민 앞에 씻을 수 없는 죄를 짓는 것이죠. 그때는 영일만에 몸을 던진다는 각오로 임하고 있습니다."

차준후는 필승의 각오로 임하고 있는 박태주의 마음을 이해했다.

최단 기간에 종합제철소를 건설하기 위해 모두가 힘을 합하고 있었다. 원래라면 최소 인원과 최소 비용으로 제철소를 건설하였겠지만 차준후의 개입으로 많은 인원이 동원됐다.

"지금처럼 임하면 포항철강은 반드시 기적을 써 내려갈 겁니다."

박태주 같은 사람이 있기에 가능한 포항철강이었다.

제철소는 돈과 기술로만 짓는 것이 아니라 사람의 역

할이 중요했다. 박태주가 포항철강 건설을 진두지휘하고 있는 건 참으로 다행스러운 일이었다.

제8장.

포항철강

포항철강

"대표님의 지원 덕분입니다. 포항철강에서 하루라도 빨리 쇳물을 생산해야 대한민국의 발전에 도움이 되잖습니까. 속도전을 펼쳐야만 합니다."

박태주는 박정하 비서실장 자리를 내려놓고 포항철강에만 전념하고 있었다.

이렇게 죽을 각오로 덤벼드니 성공할 수밖에.

박정하가 가장 신임하는 부하인 박태주에게 중임을 맡긴 것이다. 어떤 어려운 일을 맡겨도 잘 해내는 박태주는 박정하를 실망시키지 않았다.

"후방 건설 방식을 선택했더군요."

"건설과 철강 제품 생산이라는 두 마리 토끼를 한꺼번에 잡아야 좋은 일이니까요. 후방 건설 방식으로 하면 빠른 시일 내에 경영 흑자를 낼 수 있습니다."

 종합제철소를 완공하고 난 다음에 쇳물을 토해 내게 하는 방식과 달리, 후방 건설 방식은 건설하면서 철강 제품을 만들어 낼 수 있다는 장점이 있다.

 후방 건설 방식은 공사를 첫 공정부터 하는 게 아니라, 마지막 공정인 후판 생산 공정부터 공사를 시작하는 것이다. 그리고 마지막 공사는 용광로인 고로에서 쇳물을 뽑는 공사였다.

 이렇게 되면 후판을 팔아 돈을 버는 걸 획기적으로 단축할 수 있다. 반제품을 수입해서 완제품으로 가공하면 적잖은 이익을 뽑아내는 게 가능하다.

 그러면서 후판 생산 기술도 축적할 수 있으니, 얻는 게 여러모로 많았다.

 "믿습니다."

 차준후는 박태주가 잘할 거라고 확신했다.

 "……믿어 주니 힘이 납니다."

 박태주가 울컥했다.

 사실 그는 후방 건설 방식을 선택하면서 안팎으로 많은 비난을 받고 있었다.

 처음부터 차근차근 단계적으로 건설하라는 압박이 상당했다. 그렇지 않아도 포항철강 건설은 어려운 부분이 산적해 있었고, 생소한 후방 건설 방식은 그 어려움을 더욱 배가시켰다.

사실 박태주도 후방 건설 방식을 밀어붙이고 있었지만 가슴에 불안함이 큰 건 사실이었다. 처음으로 후판을 출하기 전까지 이 불안감을 떨쳐 낼 수 없을 것 같았는데, 차준후의 짧은 말로 불안감이 눈 녹듯이 사라졌다.

"대현조선소와 연계하면 잘될 겁니다."

"그렇지 않아도 정영주 회장님과 많은 이야기를 주고받고 있습니다. 하루라도 빨리 배에 사용할 후판을 생산하라고 난리입니다."

"그 회장님 성격이 급하기는 하지요."

"주문받은 유조선에 포항철강의 후판을 사용하고 싶다고 말씀하셨습니다."

"그거 가능합니까?"

"처음부터 공급은 불가능해도 배가 건조되는 중간에는 가능할 수도 있겠더군요."

후판은 두께 6mm 이상의 두꺼운 철판으로, 주로 선박 제조나 건설용으로 쓰인다. 이 후판을 대현조선소에서는 전량 해외에서 수입해야만 하는 처지였다.

해외 철강 업체들은 대현조선소의 상황을 이용해서 후판 가격을 높게 부르는 편이었다. 세계 경제가 활성화되다 보니 철이 사용되는 곳들이 많았다. 공급량보다 수요가 많은 편이었다.

업계 특성상 후판 가격은 정확하게 공개되지 않았고, 조선소와 철강 업체들이 협상 테이블에 앉아서 협의를 펼친다.

일정 기간에 걸쳐서 공급 가격을 결정하는 것인데 대현조선소는 신생 조선소이기에 이런 가격 협상에서 불리한 위치에 놓여 있었다. 게다가 후판을 대한민국까지 운송까지 해야 했으니, 건조 비용이 더욱 올라간다.

대현조선소 입장에서는 가격이 높더라도 울며 겨자 먹기로 응할 수밖에 없는 구조였다.

그렇지만 포항철강이 설립되면 이야기는 달라진다.

조선소를 세우면서 배를 만드는 정영주와 종합체철소를 지으면서 후판을 생산하려는 박태주는 비슷한 면이 많았다.

그렇기에 두 사람은 잘 어울렸다.

포항철강에서 생산한 후판이 대현조선소에 보급되면?

포항철강은 후방공정이 완성되는 즉시 판매처를 확보해서 돈을 벌 수 있고, 대현조선소는 후판을 비싼 가격에 해외에서 들여오지 않아도 됐다.

"빠르게 건설을 하는 것도 중요하지만, 인명 사고 일어나서는 안 됩니다. 아시죠?"

"물론입니다. 안전에 각별히 신경을 기울이고 있습니다."

해일과 싸워 가면서 제철소를 짓는 일이다 보니 위험이 상당했다. 인명사고가 일어나면 대형 사고로 이어질 가능성이 높았다.

실제로 사망자는 발생하지는 않았지만 경상자들이 계속 발생하고 있었다. 현장소장과 반장들이 안전 문제를 신경 쓰고 있었지만 사건사고는 예기치 않게 찾아오는 법이었다.

"다치는 사람들이 늘어나고 있다면서요?"

"항만 공사를 하면서 위험한 작업이 늘어나다 보니 부상자들이 속출하고 있는 실정입니다."

"인력을 늘리고 작업시간을 짧게 가져갈 수 있도록 배려하세요."

"그렇게 하면 작업비가 더 늘어날 텐데요."

"사람이 다치는 것보다 비용이 늘어나는 게 낫습니다. 기술자 한 명, 한 명이 소중합니다."

차준후는 돈보다 사람이 먼저였다.

포항철강에서 잘 배운 기술자들은 소중한 인재들이었다. 이런 인재들은 다른 건설 현장에서 여기에서 배운 걸 다시금 적용해야만 한다.

숙달된 기술자들을 활용해야 하지 않겠는가. 앞으로 해외에서 항만 공사를 수주할 일도 있을 테니.

"포항철강을 주조부터 압연까지의 공정이 일자로 쭉

이어지게 설계해야 합니다."

"물론이지요."

"지금 공정이 아니라 확장까지 염두에 둔 이야기입니다."

"확장까지 염두에 뒀습니다."

"지금 설계된 포항철강은 세계적인 철강사들에 비해 규모가 작습니다. 앞으로 확장이 절실할 수밖에 없는 이유이죠."

"옳은 말씀입니다. 종합제철소는 규모가 있어야 세계적인 경쟁력을 가질 수가 있습니다."

"U자형 제철소가 아닌 I자형 제철소로 건설해야만 합니다."

"기술 제휴를 맺은 USA 스틸에서는 U자형 제철소를 추천했습니다만?"

포항철강은 주조부터 압연까지의 공정이 U자 형태로 돌아 나오는 구조이다. USA 스틸 종합제철소도 똑같은 구조였다.

"미래를 생각하면 I자형 제철소가 유리합니다."

"일괄 공정 때문입니까? 일괄 공정 이야기를 들었지만 부지를 효율적으로 이용하는 측면에서 U자형 제철소가 좋다고 들었습니다."

건설 공기도 U자형 제철소가 빠르고, 또 건설 비용도

적게 들어간다.

반면에 I자형 제철소는 건설 비용이 많이 들어가고 건설 공기까지 길다. 생산 효율성도 U자형 제철소와 큰 차이가 없어서 거의 모든 종합제철소가 U자형으로 지어지고 있었다.

"지금은 그렇지요. 그러나 기술이 발전하면 어떻게 될 것 같습니까?"

"……기술이 발전하면 일괄 공정이 유리하다는 말씀이군요."

이 당시에는 U자형 구조가 기술적으로 별문제가 없지만, 미래에는 기술이 발전하면서 상황이 달라지게 된다.

용광로 주물부터 압연까지 공장을 I자형으로 설계하여 일괄 공정을 진행하는 편이 쇳물과 슬래브를 일일이 옮겨야 하는 U자형에 비해 대략 8%의 손실을 줄일 수 있게 되는 탓이다.

대형 종합제철소에서 8%는 대단한 차이였고, 그 자체로 경쟁성의 차이를 가졌다.

"하루가 다르게 발전하는 게 기술입니다. 한 번 U자형 제철소로 만들면 다시 되돌릴 수 없습니다. 지금 당장은 손해라고 해도 시일이 지날수록 진일보한 신기술을 선택한 이점을 누릴 수 있습니다."

차준후가 강한 어조로 강조했다.

처음 만들 때 제대로 만들어야만 한다.
"알겠습니다. USA 스틸에 이야기해서 I자형 제철소로 설계를 변경해 달라고 이야기하겠습니다."
박태주는 차준후의 천재성을 믿었다. 천재가 I자형 제철소가 좋다고 이렇게 강조하는데 믿고 따르는 게 좋다고 판단했다.
차준후가 박태주와 대화를 하면서 포항철강 현장을 둘러보고 있을 때였다.
두두두두! 두두두두두두!
헬기 한 대가 북쪽에서 빠른 속도로 날아들고 있었다.
헬기의 프로펠러 소음이 점점 더 커졌다.
"오늘 누가 오기로 했습니까?"
차준후가 물었다.
헬기를 타고서 포항철강까지 오는 높은 사람이 누구일까?
아무래도 자주 만나자고 보채는 사람 같은데…….
차준후의 뇌리에 떠오른 사람은 바로 박정하였다.
스카이 포레스트와의 사업이나 협력 사안을 정치적인 치적으로 줄곧 이용하는 박정하이기에, 차준후는 그와의 만남이 솔직히 부담스러웠다.
꼭 필요한 사안은 만나서 논의를 나누었지만, 그렇지 않은 경우에는 은근슬쩍 외면했다. 아니, 대놓고 무시한다는 게 옳았다.

　박정하는 박정하의 길이 있었고, 차준후는 그만의 길이 따로 있었다. 서로 공존하면서 협력을 하다가도 그렇지 않을 때는 갈라져야만 한다.

　하지만 차준후가 거리를 두려 해도, 박정하는 기를 쓰면서 좁히려고 하였다.

　"의장님께서 오십니다."

　차준후의 예감이 곧바로 적중했다는 걸 박태주가 알려 줬다.

　"네? 듣지 못했습니다만……."

　"의장님께서 포항에 시찰을 하러 오셨다가 갑작스럽게 방문을 하겠다고 통보하셨습니다."

　박태주가 슬쩍 차준후의 시선을 외면한 채 이야기했다.

　노렸네. 노린 거야.

　박정하가 차준후의 방문에 맞춰서 포항철강을 방문하는 것이었다. 좀처럼 만나 주지 않으니까 이렇게라도 차준후와 만나려는 박정하였다.

　헬기가 포항철강 한쪽에 마련된 부지 위에 사뿐히 내려앉았다.

　포항철강 건설장에 일순간 긴장감이 감돌았다.

　박정하 의장이 방문한다는 사실은 박태주를 비롯한 소수의 사람들만 알고 있는 내용이었다. 그리고 아침부터 인근 경찰서의 경찰들이 만약의 사태를 대비해서 포항철강 주변에 경계를 강화하고 있었다.
 경찰들은 박정하 의장의 방문 소식을 접하고 철저한 경계를 펼쳤다. 경찰서장이 무전기를 들고서 무척이나 바쁘게 움직였다.
 "차준후 대표! 여기에서 만나는군요. 잘 지냈습니까?"
 헬기에서 내린 박정하가 밝게 웃으면서 차준후에게 다가왔다.
 "바쁘게 잘 지내고 있습니다. 오늘도 또 서울로 돌아가서 해야 할 일들도 많고요."
 차준후가 박정하와 인사를 주고받으면서 바쁘다는 걸 강조했다.
 면피성 발언으로, 바빠서 만날 시간조차 없다는 의미였다. 그리고 빨리 지금의 만남을 마무리하고 서울로 돌아가겠다는 이야기이기도 했다.
 "차준후 대표가 바쁘다는 건 제가 잘 알고 있지요. 그래도 이렇게 만났으니 시간을 내주세요. 건설 현장을 둘러보고 있는 겁니까?"
 차준후를 만났다는 자체만으로 기쁜 표정의 박정하였다.
 "네. 처음 왔을 때와 달리 상당히 바뀌었더라고요."
 "여기에서 보는 것보다 하늘 위에서 보면 훨씬 장관입

니다. 헬기를 타고 함께 시찰하겠습니까?"

"괜찮습니다."

차준후가 정중하게 거절했다.

사실 하늘에서 볼 정도로 뭐가 건설된 것도 아니었다.

이제 습지를 메우고, 항만 공사를 하면서 이제 막 제대로 된 건설에 접어든 상황이었다. 하늘에서 본다고 해도 그저 황량한 모습일 뿐이었다.

'불편해!'

무엇보다 박정하와 비좁은 헬기에 함께 타고 있는 건 너무 불편했다.

"하늘에서 보면 더 잘 보입니다만?"

박정하가 다시금 제안하였다. 헬기를 타고 짧지 않은 시간 동안 창공에서 비행하며 차준후와 대화를 나누고 싶은 것이었다.

"여기에서도 잘 보입니다."

차준후가 단호하게 헬기 탑승을 거부했다.

"그렇죠. 굳이 하늘에서 볼 필요가 없기는 하죠."

서운한 표정의 박정하가 재빨리 받아들였다.

괜히 더 제안해 봤자 씨알도 먹히지 않는다는 걸 파악하였다. 그러면서 묵묵히 차준후와 함께 발걸음을 옮겼다.

"차주후 대표의 말처럼 여기에서도 잘 보이는군요. 요

즘 포항 분위기는 어떤가?"

박정하가 화제를 슬쩍 돌렸다.

"포항철강이 들어서면서 인구가 증가하고, 일거리도 늘어나고 있습니다. 전에는 인구가 5만 명이었는데, 이제는 7만 명을 넘어섭니다."

한적한 어촌 마을인 포항은 인구 5만 명이었지만 이제는 변화가 찾아왔다. 포항철강이라는 거대한 종합제철소가 세워지기 시작하면서 지역이 발전하고 있는 것이었다.

"주민들의 반응은?"

"이주민들 가운데 일부는 불만을 토로하기도 했지만 거의 모든 주민이 종합제철소의 건립을 찬성하고 있습니다."

제철소가 들어서는 영일만은 황량한 공간이었지만 그렇다고 해서 사는 사람들이 없던 건 아니었다.

영일만 일대에는 어촌 마을들이 있었고, 이들은 대대로 바다 일을 하면서 살아왔다.

정부에서 적지 않은 보상금을 약속했지만, 그렇다고 고향을 잃어버린다는 슬픔을 떨쳐 낸다는 건 쉬운 일이 아니었다.

"원주민들이 나라의 발전을 위해 희생해 준 것에 대해서는 제대로 보상해 주도록 해. 그리고 무엇보다 그들이 내린 선택을 후회하지 않을 수 있도록 포항철강의 성공을 보여 줘야 하고. 알겠어?"

나라의 발전을 위한다는 명목을 고향까지 내준 원주민들을 생각해서라도 포항철강은 반드시 성공해야 했다. 실패한다면 그들을 볼 면목이 없었다.

"명심하겠습니다."

박정하의 지적으로 다시 한번 현 상황을 되새긴 박태하는 굳은 표정으로 대답했다.

"항만 공사는? 거대한 배가 들어서야 하잖아?"

"5만 톤급의 배가 들어서는 항만 시설을 만들 계획입니다. 5만 톤급은 최소한의 크기이고, 10만 톤 이상의 배들도 접안이 가능합니다."

박정하의 물음에 박태하가 빠르게 대답했다.

"잘하고 있군. 특별한 일은?"

"한 가지 있습니다."

"뭔가?"

"차준후 대표가 제철소 구조를 I자형으로 해야 한다고 강조했습니다."

전권을 박태하에게 주고 나서도 박정하는 포항철강에 대한 많은 관심을 기울이고 있었다.

그런데 기술 제휴를 맺은 USA 스틸에서는 U자형을 제안하였는데, 차준후가 I자형으로 변경을 추진했다고?

이건 잘못하면 최악의 경우 USA 스틸과 기술 제휴에

대한 이야기를 다시 할 수도 있는 문제였다.

이제 부지 조성을 끝내고, 종합제철소를 건설하기 일보 직전이었다. 코앞까지 닥쳤는데 종합제철소 형태를 변경하겠다니, USA 스틸에서 길길이 날뛸지도 몰랐다.

"바꾸려는 이유가 있습니까?"

"I자형 제철소가 U자형 제철소에 비해 생산 효율이 좋기 때문입니다."

"얼마나 좋기에 이렇게 바꾸는 겁니까?"

"초기에는 오히려 생산력에서 큰 차이를 보지 못하겠지만 기술이 발달하면 생산 효율이 8%까지 차이가 발생할 거라 판단됩니다."

차준후가 정확한 수치를 밝혔다.

"헉!"

"8%라고요?"

박정하와 박태주가 모두 깜짝 놀랐다.

포항철강은 경부고속도로보다 더욱 많은 비용이 들어가는 거대한 사업이었다. 이런 포항철강에서 8%라는 생산 효율은 엄청난 비용 차이를 만들어 냈다.

차준후가 왜 생산 구조를 I자형 제철소를 밀어붙이는지 이해했다. 이러면 무조건 I자형 제철소로 짓는 것이 옳았다.

"정말 대단합니다."

박정하가 감탄했다.

권력에 손에 쥔 뒤 무언가 해 보려고만 하면 대한민국에 무슨 돈이 있고 기술이 있어서 그런 걸 하느냐는 초를 치는 소리만 하는 이들이 태반이었다.

그러나 뭐라도 안 하면 대한민국은 도대체 언제 가난에서 벗어나겠는가.

도움은 주지 못할망정 안 좋은 말만 쏟아 내니 박정하로서는 답답할 노릇이었다.

그런데 차준후는 달랐다. 그는 항상 밝은 장밋빛 미래로 나아갈 수 있는 길을 알려 주었다.

만날 때마다 이렇게 놀라움을 안겨 주니 이렇게 헬기까지 타고서 날아오지 않을 수 없었다.

"자네는 알고 있었는가?"

"I자형 제철소에 대해 설명을 듣긴 했지만, 현재 전 세계 대부분의 종합제철소는 U자형으로 지어진다고 해서 미처 신경 쓰지 못했습니다. 차준후 대표 덕분에 문제가 커지지 않을 수 있었습니다."

"앞으로도 차준후 대표의 말은 항상 경청하라고."

"알겠습니다."

"저는 그냥 제가 알고 있는 지식을 설명드린 것뿐입니다. 이게 꼭 정답이라고는 할 수 있는 건 아니니 참고 정도만 해 주십시오."

차준후가 슬쩍 뒤로 한발 물러났다. 조국의 발전을 위해 조언을 했지만 두 사람의 눈빛이 너무 부담스러웠다.

"아닙니다. 정말 큰 도움이 되니 언제라도 미욱한 저에게 편안하게 조언해 주십시오."

두 사람은 포항철강의 미래를 밝혀 준 차준후가 너무 고마웠다.

중공업을 육성하려는 박정하에게 있어 포항철강의 성공은 중요했다. 철은 산업의 쌀이고, 모든 산업의 기초소재이다. 양질의 철을 값싸게 대량으로 생산하면 대한민국이 발전을 앞당기는 데 힘을 보탤 수 있다.

"차준후 대표 덕분에 내 오랜 숙원이 풀리고 있습니다."

"숙원이요?"

"자주국방을 해야 하는데, 그러기 위해서는 종합제철소가 꼭 필요합니다."

제철은 고대부터 시작해서 현대에 이르기까지 매우 중대한 분야로, 대부분의 산업에서 기초 소재로 사용되는 철강이기에 그야말로 산업의 기본이라 할 수 있었다.

머지않은 미래에 대한민국의 주력 산업이 될 자동차와 건설, 조선업에서 철강은 빠질 수 없었고, 또한 군수 산업과도 매우 긴밀한 관계였다.

자주국방은 박정하의 오랜 숙원으로, 제철 산업에 관심이 지대할 수밖에 없었다.

그러나 이 당시 대한민국의 철 생산량은 북한에 비해 크게 부족했다. 몇 안 되는 제선 시설을 갖춘 제철소는 설비가 너무 노후된 탓에 생산성이 지나치게 떨어졌다.

이대로는 군수 산업에서 북한에게 뒤처질 것이 뻔했기에 박정하는 어떻게든 종합제철소를 원했다.

자주국방을 위해서는 군수 산업이 발달해야 하고, 군수 산업의 발달을 위해서는 제철 산업이 발달해야만 했다.

"자주국방은 중요하죠."

차준후도 이 부분만큼은 박정하와 생각이 일치했다.

미국을 우방국으로 삼아 취할 수 있는 이득은 취해야겠지만, 국방마저 미국에게 의존하게 된다면 대한민국은 자주성을 잃은 채 미국이 이끄는 대로 이리저리 끌려다니게 될 수 있었다.

"지금도 많이 도와주는 걸 알고 있지만 앞으로도 잘 부탁드립니다."

박정하가 차준후에게 고개를 숙였다.

대한민국의 모든 사업가를 합쳐도 차준후보다 도움을 많이 주지 못했다.

그런데 여기에서 더욱 많은 도움을 달라니?

스스로 생각해도 아닌 것 같았다.

하지만 그럼에도 염치 불구하고 도움을 청할 수밖에 없었다.

그만큼 차준후 한 명이 대한민국에 끼치는 영향력은 엄청났다.

"도울 수 있는 건 계속 도울 겁니다."

차준후가 도움의 손길을 외면하지 않았다.

이건 박정하가 아닌 대한민국을 보고 하는 일이었다.

국민들이 더 잘살고 삶이 윤택해질 수만 있다면 이 정도면 손해쯤은 기꺼이 감수할 수 있었다.

최빈국이라는 꼬리표, 그리고 동네북처럼 여기저기에서 치이는 대한민국은 지긋지긋했다. 차준후는 대한민국이 비상해서 제 목소리를 내는 모습을 보고 싶었다.

"고맙습니다. 차준후 대표도 도움이 필요한 일이 있으면 언제든 이야기해 주십시오."

울컥한 박정하의 목소리가 떨리고 있었다.

짧은 감사의 말이었지만 그 안에는 이루 표현할 수 없을 정도로 많은 감정이 담겨 있었다.

아무리 돈이 많다고 해도 어렵게 번 돈을 남을 위해 쓴다는 건 쉽사리 내릴 수 있는 결정이 아니었다.

그러나 차준후는 일말의 망설임도 없이 조국의 발전을 위해 아낌없는 투자를 약속했고, 실제로 지금까지도 평범한 이들은 상상조차 할 수 없는 천문학적인 돈을 투자해 주었다.

조국을 위해 헌신하는 차준후의 모습에 고개가 절로 숙

여질 수밖에 없었다. 이건 대한민국의 권력을 움켜쥐고 있는 박정하라고 해도 예외가 아니었다.

그때 두 사람의 대화를 지켜보던 박태주가 슬그머니 입을 열었다.

"의장님, 저도 도움이 필요합니다."

"뭐? 어떤 도움?"

"이제 제철소의 설비들을 구비해 둬야 하는데, 하나하나 결재를 처리하다 보니 시간이 너무 지체되고 있습니다."

박태주가 하소연했다.

이제 막 본격적으로 공사를 시작한 상황이었으나, 후판 생산 공정부터 공사를 시작할 예정인 탓에 지금부터 미리미리 설비를 준비해 둬야만 했다.

그런데 그 과정에서 걸림돌이 너무 많았다.

포항철강의 성공 가능성이 수면 위로 떠오르자, 하이에나처럼 이권을 취하고자 덤벼드는 자들 때문이었다.

박정하에게 전권을 받아 포항철강의 건립을 책임지고 있는 박태주였으나, 나랏돈을 사용하여 진행하는 사업이니만큼 행정 절차까지 무시할 수는 없었다.

그런데 설비를 구입하려는 과정에서 공급 업체에 상납과 리베이트를 요구하는 정치인들의 간섭과 압박 탓에 발목이 붙잡혔다.

제철소의 설비는 하나같이 고가로, 여기서 지나치게 예

산을 소비하면 포항철강의 건립에 문제가 생길 수도 있었다.

부정 청탁을 받아들이면 포항철강의 건립 자체가 어려워졌다.

그렇지 않아도 이번 종합제철소가 얼마나 중요한지 잘 알고 있는 탓에 막대한 부담감을 떠안고 있는데, 얼토당토않은 부분에서 발목이 잡히니 이만저만 골치가 아픈 게 아니었다.

"음! 그건 내가 해결해 주지. 내가 직접 승인했다는 서류를 작성해 줄 테니, 종합제철소를 무사히 완공시키는 데만 집중해."

"감사합니다!"

"감사하기는. 이 어려운 사업을 맡아 줘서 내가 고맙지."

박정하는 자신을 대신해서 고생해 주고 있는 박태주의 어깨를 두들겨 주었다.

'아, 이게 그 종이 마패라고 불리는 박정하의 친필 문서구나.'

차준후는 박태주가 어떤 부정 청탁도 물리치고 소신 있게 포항철강 건립을 진행할 수 있었던 종이 마패가 만들어지는 현장을 두 눈으로 볼 수 있었다.

박정하의 친필 문서에는 관련 부처의 결재 없이도 포항

철강이 직접 주체가 되어 설비를 수의 계약으로 구입하는 것을 정부가 보증한다는 내용이 명시되어 있었다.

그야말로 초법적인 권한 담긴 내용이었지만, 그만큼 포항철강을 중요하고 생각하고 있기에 박정하가 특단의 조치를 내린 것이었다.

역풍일 불 수도 있는 행동이었지만, 결과적으로 그 판단을 틀리지 않았다.

종이 마패는 포항철강이 무사히 건립될 수 있도록 해준 일등 공신이 된다.

"포항의 모리국수가 유명한데 식사나 하러 갑시다. 시간 되십니까?"

손목시계를 보던 박정하가 제안했다. 포항철강 공사 현장을 열심히 돌아다니다 보니 점심시간이 찾아왔다.

평소대로라면 시찰을 계속 이어 나갈 박정하였지만, 점심시간을 칼처럼 지키는 차준후의 습관을 잘 알고 있기에 시찰을 멈췄다.

"모리국수요? 아, 구룡포읍의 모리국수가 유명하죠? 좋네요."

회귀 전에는 먹어 본 적이 있지만, 회귀 후에는 한 번도 먹어 본 적이 없는 모리국수였다.

기왕 포항까지 왔으니 오랜만에 그 맛을 느껴 보고 싶었다.

어부들이 즐겨 먹던 얼큰한 국수에서 유래한 모리국수는 갓 잡은 생선과 해산물을 넣어서 걸쭉하게 끓여낸 국물이 일품이다.

 생각만 해도 절로 입에 군침이 돌았다.

 "잘 아시네요. 식사를 예약한 곳이 바로 구룡포읍의 국숫집입니다. 타시죠."

 "네? 헬기요?"

 차로 타고 가도 20분이 안 걸릴 정도로 가까운 거리였다.

 헬기는 무슨 헬기야?

 "헬기를 타고 가는 편이 빠릅니다. 헬기로 가면서 하늘 위에서 포항철강 현장도 한눈에 바라보면 좋고요."

 이번 기회에 헬기에 차준후를 꼭 태우려는 박정하였다.

 "알겠습니다."

 차준후가 마지못해 승낙했다.

 헬기를 타고 가나, 자동차를 타고 가나 어차피 같은 공간에 머물 것이 확실하였다. 빨리 이동하는 헬기에 탑승하는 것도 괜찮았다.

 헬기는 언뜻 보면 작아 보였지만 가깝게 다가서니 엄청 컸다. 서서히 돌고 있는 프로펠러에서 엄청난 바람이 불어왔고, 모래와 흙 등이 날리고 있었다.

 "의장님 덕분에 헬기를 타고 밥을 먹으러 가 보네요."

"앞으로도 많이 태워 드리죠. 공중에서 보면 색다른 경험을 할 수 있습니다."

박정하가 차준후에게 말했다.

이번 한 번으로 그치고 싶지 않았다. 차준후와 함께 헬기를 타고 다니면서 대한민국 곳곳을 누비고 싶었다.

"이제 곧 출발합니다. 안전벨트를 매 주십시오."

헬기 조종사가 말을 들은 차준후와 일행들이 안전벨트를 착용했다.

격렬해지는 진동과 함께 헬기가 하늘 위로 떠올랐다.

진동이 장난이 아니었다. 처음 타 보는 사람이라면 헬기가 진동으로 부서질 것처럼 느껴질 듯했다.

"멋있지요?"

"환상적이기는 하네요."

하늘 위에서 내려다보는 공사 현장은 지상에서 볼 때와는 느낌이 달랐다. 한눈에 다 들어오는 포항철강 공사 현장의 모습은 장관이었다.

대한민국의 미래와 역사를 바꿀 수 있는 공사 현장이었다. 괜히 모르게 심장이 뛰고, 울컥거렸다.

저 공사 현장에 한 손 보태고 있다는 사실이 감격스러웠다.

"대한민국은 포항철강의 성공 신화를 써 내려가고 있는 겁니다."

박정하는 포항철강의 성공을 믿어 의심치 않았다.

시대적 환경과 국내 여건이 어렵긴 했지만, 성공의 아이콘이라고 할 수 있는 차준후가 함께하고 있는 사업이었다.

포항철강 공사 현장을 한 바퀴 빙글 돈 헬기가 모리국수 식당이 있는 곳으로 날아갔다.

산림녹화

쏴아아! 쏴아아!

한밤에 여름비가 시원하게 쏟아졌다.

태풍이 오지도 않았는데, 이례적으로 많은 비가 내리는 날이었다. 봄에 비가 많이 오지 않았기 때문에 가뭄을 해갈해 주는 아주 고마운 비였다.

그러나 무조건 좋은 건 아니었다.

동대봉산은 경주와 울산 북구를 잇는 중간에 위치하고 있다. 갑작스럽게 쏟아진 비 때문에 동대봉산에서 산사태가 크게 났다.

산사태가 민가와 논밭을 덮쳤다.

집중 호우로 내린 비와 한밤중에 덮친 산사태로 손을 쓸 틈조차 없었다.

비가 그친 다음 날 엉망이 된 현장에 공무원과 주변 마을 사람들이 달려왔다. 군인과 경찰들이 대거 투입되었고, 귀중한 중장비까지 동원됐다.

 전쟁이 휩쓸고 간 것처럼 엉망이 된 산사태 현장이었다. 산사태로 아수라장이 된 마을을 복원하기 위해 그 자리에 모인 이들이 한마음으로 노력했다. 그러면서 혹시라도 살아남은 사람들이 있는지 살폈다.

 "살아 있으면 소리쳐 봐!"

 "김 씨 아저씨! 거기 있어요?"

 "새댁! 아이와 함께 있어?"

 "제발 말을 해 봐!"

 민가가 있었던 곳에서 생존자를 찾기 위해 분주하게 돌아다녔다. 그러나 흙탕물로 뒤덮인 산사태 현장에서는 싸늘한 시신만이 나왔고, 생존자는 전무했다.

 "하늘이 원망스럽다. 어떻게 해?"

 "젠장! 이번에는 산사태 규모가 크기는 하지만 비만 오면 반복되는 일이잖아. 이건 하늘이 만든 재앙이 아니라 인재야."

 "이게 모두 저 시뻘건 민둥산 때문이야."

 "근본적인 대책이 필요해. 마대에 흙을 담아서 막는 건 아무런 쓸모가 없어."

 산사태 현장을 둘러본 이들이 울부짖었다. 장맛비에 토

사가 쓸려 내려와 덮치지 않을까 불안감을 감추지 못했다.

그들은 천행으로 살아남았지만 언제 죽을지 모를 일이었다. 장마철을 앞두고 산사태 위험이 큰 곳에서 살아간다는 건 대단히 위험했다.

산사태의 흔적이 고스란히 남아 있는 동대봉산의 산자락은 또다시 무너질 듯 위태로웠다.

군인과 경찰 등이 부지런히 마대를 쌓아서 산사태를 막으려고 하였다. 그러나 저 작업이 대규모 산사태 앞에서는 별다른 힘을 쓰지 못한다는 걸 주민들과 현장에 나온 공무원, 전문가들이 모두 알았다.

"비에 산사태가 발생하지 않기 위해서는 저 산에 나무를 심어야 해. 민둥산이 푸르게 되어야지만 산사태를 예방할 수 있어."

민둥산은 빗물 흡수력이 떨어지고, 흙을 잡아 주는 식물 뿌리의 힘도 없어서 산사태에 취약할 수밖에 없었다. 민둥산의 토사 유출량이 일반적인 울창한 산에 비해 몇 배나 높았다.

"묘목을 매년 심고 있어요. 그런데 묘목을 심으면 뭐합니까? 나무가 제대로 뿌리를 내리기도 전에 주민들이 겨울에 땔감으로 사용하기 위해서 벌목을 하는걸요."

동대봉산의 산사태 문제는 이승민 정권 때부터 알고 있

었다. 그렇기에 밀가루를 줘 가면서 동대봉산에 나무 심기를 장려하였다.

그러나 결국 12년에 걸친 산림녹화 작업은 실패하고 말았다.

동대봉산이 계속 민둥산으로 남게 된 데에는 주민들의 책임이 적지 않았다. 산림녹화를 위해 동대봉산에 식재한 묘목을 주민들이 몰래 벌목을 해서 사용하고 있는 실정이었다.

별다른 연료가 없는 지금 시절 가난한 사람들에게 장작은 최고의 연료였다. 산사태가 일어나는 지역에서 계속 살아갈 수밖에 없는 건 찢어지게 가난하기 때문이었다.

겨울을 나기 힘든 사람들에게 무작정 벌목을 하지 말라는 건 그냥 동사하라는 이야기와 진배없었다.

* * *

「동대봉산 산사태! 민가를 휩쓸다.」
「경주와 울산 등 호남지역의 집중 호우! 산사태 다수 발생!」
「산림을 푸르게 만드는 산림녹화가 시급하다.」
「민둥산에 나무를 심어야 한다.」

언론에서 동대봉산 산사태를 비롯한 호남 지역에서 벌어진 일들을 대서특필했다. 산사태는 대한민국 곳곳에서 매년 고질적으로 벌어지는 반복 행사였다.

 여름이다.

 작년 여름에는 태풍으로 전국이 물난리를 겪어야만 했다. 지독한 수해로 많은 국민들이 고생하였는데, 이런 일이 매년 반복되고 있었다.

 한국전쟁을 치르면서 대한민국의 산은 그야말로 황폐화가 됐다. 황폐한 산림은 보기 무척 흉했고, 이 땅에서 살아가는 국민들의 삶에도 지대한 영향을 끼쳤다.

 민둥산은 비가 조금만 와도 흙탕물을 밑으로 마구 쏟아냈다. 폭우가 내리면 저지대는 흙탕물로 그야말로 난리가 벌어진다.

 흙탕물은 고생해서 농작물을 심어 놓은 논밭에도 치명적으로 작용한다.

 흙탕물에 뒤덮인 논밭의 농작물은 썩어서 문드러지거나 제대로 된 성장을 하지 못하게 된다. 흙탕물 때문에 한 해 농사를 마치는 경우가 빈번했다.

 비가 오지 않고 날씨가 맑아도 문제였다. 곧바로 가뭄으로 이어지니까.

 산의 계곡은 하천과 강의 발원지였고, 민둥산은 물을 저장할 수 있는 기능이 떨어졌다. 맑은 날이 이어지면 계곡의 물이 마르고, 농사를 지을 수 있는 물이 바닥을 드러낸다.

　농사는 하늘에 달려 있다고 하지만, 황폐해진 민둥산으로 인해 그 정도가 무척 심한 대한민국이었다.

　생태계가 무너졌기에 농사를 짓기가 힘들었고, 가뭄과 홍수가 빈번하게 발생하는 탓에 벌어진 흉년으로 많은 국민들이 고생하고 있었다.

　차 안에서 신문을 읽던 차준후는 하루아침에 어이없게 목숨을 잃은 이들에게 안타까움을 느꼈다. 민둥산 때문에 벌어지는 홍수와 가뭄 등을 알게 되면서 이대로 방치하면 안 된다고 생각했다.

　그리고 그 생각과 동시에 그의 뇌리에 21세기에 보았던 다큐멘터리가 떠올랐다.

　「오늘은 식목일입니다. 식목일을 맞이하여 대한민국의 녹화 사업에 크게 기여하신 향산 헌신규 박사님을 소개해 드리고자 합니다. 경기도 수원의 조림지인 이곳에는 수십 년 된 아름드리 소나무가 즐비합니다. 이 소나무의 수종은 리기테타 소나무로, 1호 임학박사 고(故) 향산 헌신규 박사님께서 개발하신 소나무입니다.」

　「리기테다 소나무는 해충과 추위에 강하고, 생장 속도가 빠르며 재질이 우수하여 척박한 땅에서도 빠르고 곧게 자라나는 품종입니다.」

'대한민국 최초의 산림학자 헌신규 박사!'

차준후가 화장품에 인생을 바친 것처럼 헌신규 박사는 대한민국에 나무를 심는 데 모든 인생을 쏟아부은 인물이었다. 그는 나무를 키우는 것이 곧 애국하는 길이라는 가치관을 가지고 있었다.

빨리 자라는 특성을 지닌 이태리 포플러라는 나무 중에서 한국의 기후와 풍토에 맞는 품종을 찾아 한국에 들여온 것도 헌신규 박사였다.

21세기에 살아가는 한국인들은 우거진 산림을 보면서 자연스러워하지만, 그 밑바탕에는 치열하게 노력한 헌신규 박사와 같은 인물들이 있었다.

차준후가 타고 있는 포드 차량이 경성대학교 농과대학 건물 앞에 멈췄다.

경호원들이 내려서 주변을 경계하는 가운데 차준후가 내려섰다.

건물 입구에는 이미 연락을 받은 호리호리한 체격의 헌신규 박사가 나와 있었다. 헌신규 박사 이외에 경성대학교 총장을 비롯한 주요 인물들까지 모여 있었다.

"안녕하십니까, 차준후입니다."

"경성대학교 총장 원동인이라고 합니다. 차준후 대표

님께서 이렇게 우리 대학교를 방문해 주셔서 영광입니다. 허문호 교수를 비롯한 연구원들을 지원해 주셔서 아주 감사한 마음입니다."

총장이 차준후에게 웃으며 인사했다.

헌신규 박사를 만나러 왔는데, 총장과 경성대학교 주요 인물들이 더욱 차준후와 인사를 주고받았다.

"삼원 교배라니 들어 보지도 못한 신종 교배법을 시도하고 있는데, 그 결과가 좋다고 하더군요. 차준후 대표의 삼원 교배법에 대해서 허문호 교수가 논문을 발표한다고 난리입니다. 유엔식량농업기구에서 탁월한 교배법으로 인정하겠다는 이야기도 있습니다."

"예? 삼원 교배는 엄연히 허문호 교수님의 성과입니다. 저의 삼원 교배법이 아닙니다."

차준후가 표정을 굳힌 채 말했다.

삼원 교배는 온전히 허문호 교수의 성과여야 했는데…….

굶어 죽는 이들이 하루라도 빨리 줄어들기 바라는 마음에 조언을 해 준 것이었는데, 자칫하면 본래 허문호가 가져야 할 명예를 빼앗게 생긴 판국이었다. 차준후로서는 참으로 난감했다.

"전부 차준후 대표님 덕분에 나올 수 있었던 결과인데요. 그나저나 식량 부족 문제는 정부 차원에서 나서서 해결했어야 할 문제인데, 이렇게 차준후 대표님께서 신경을 써 주시니 국민의 한 사람으로서 정말 감사드립니다."
"급한 문제에 누가 나서느냐 따질 필요는 없지요."
식량은 사람이 살아가는 데 필수적인 세 가지 기본 요소 중 하나를 차지하는 굉장히 중요한 문제다.

차준후는 사람이 죽느냐, 마느냐 하는 문제에 있어서 도울 수만 있다면 누가 나서서 돕느냐는 중요한 일이 아니라고 생각했다.

대한민국의 그 누구도 더 이상 배곯지 않도록 만들기 위해서는 허문호 교수의 연구가 꼭 필요했고, 그래서 그를 도운 것뿐이었다.

그렇게 차준후와 원동인 총장이 나누고 있자, 정작 차준후가 이곳을 찾은 이유인 헌신규 박사는 한쪽으로 밀려나서 말도 못 붙이고 있었다.

"아, 헌신규 교수를 만나러 오셨다고 하셨죠? 헌신규 교수! 이쪽으로 와 보세요. 이 사람이 바로 헌신규 교수입니다."

원동인이 헌신규를 불러서 차준후에게 인사시켰다.
"헌신규입니다, 차준후 대표님."
헌신규의 심장이 마구 요동치고 있었다.

경성대학교 교수들에게 차준후는 전설처럼 통하는 이름이었다. 허문호가 차준후에게 엄청난 지원을 받으면서 벼를 연구하고 있었고, 연구를 하는 교수들은 하나같이 그를 엄청나게 부러워했다.

그리고 그런 부러움을 헌신규도 가지고 있었다. 자신도 차준후의 전폭적인 지원을 받으며 연구하고 싶었다.

그런데 정말로 차준후에게 연락이 왔고, 바로 지금 만나게 됐다.

"총장님. 헌신규 교수님과 조용하게 대화를 나누고 싶습니다."

"그러셔야죠. 저희가 눈치 없이 행동했네요."

원동인은 말과 달리 함께하고 싶어 하는 눈치였다.

그 사실을 눈치챘으나 그것을 신경 쓸 차준후가 아니었다.

그러나 경성대학교 농과대학의 교수들에게 많은 도움을 받았고, 앞으로도 받을 예정이었다.

경성대학교는 척박한 교육 환경에서 세계적으로 뛰어난 석학들을 배출하고 있었고, 그에 대한 결과물을 차준후가 이용하는 셈이었다.

이것은 어찌 보면 경성대학교의 도움을 받은 것이라고도 볼 수 있었다.

"그 전에 총장님께 드릴 이야기가 있습니다. 경성대학교에 기부를 하겠습니다."

차준후가 도움의 대가를 돈으로 지불하려고 했다.

"기부라고요? 아이고, 감사합니다!"

원동인의 얼굴이 환해졌다.

가장 바라던 이야기가 흘러나왔다.

대한민국에서 가장 많은 현금을 가지고 있는 차준후가 경성대학교에 보따리를 풀려고 했다. 대체 얼마나 많은 기부를 할까?

벌써부터 기대됐다.

"대학교에 도서관을 지어 드리겠습니다."

차준후가 경성대학교에 건물 기부를 약속했다.

현금이나 장학금 지원보다는 도서관을 지어서 경성대학교 학생과 교수들의 공부에 도움이 되고 싶었다.

"도서관이라고요? 감사합니다."

원동인이 환호했다.

건물이라니. 기부하는 차원이 달랐다.

사업가와 지역 유지들, 졸업생들이 대한민국 제일의 대학교인 경성대학교에 기부를 많이 한다.

그러나 도서관과 같은 거대한 건물 자체를 기부한 적은 없었다.

"부지만 마련해 주세요."

"부지 크기는 어느 정도로 하면 되겠습니까?"

"그건 경성대학교에서 생각해야죠."

"크게 마련해도 되나요?"

"물론이죠. 부지에 맞춰 도서관을 짓겠습니다. 도서관

에 들어가는 장서에 대해서도 도와드리겠습니다."

차준후는 도서관의 규모와 크기에 대해 확정 짓지 않았다. 원하는 규모대로 최대한 크고 멋지게 만들어서 기증할 생각이었다.

"최대한 넓은 땅을 마련하겠습니다."

경성대학교에는 아직 사용하지 않고 있는 부지들이 많았다. 그 부지들 가운데 넓은 땅덩어리를 떼어서 제공할 작정이었다.

"이제 헌신규 교수님과 대화하러 가 보겠습니다."

"누추하지만 제 교수실로 가시죠."

누추한 곳에 귀한 차준후를 모시고 움직이는 헌신규였다. 얼마나 긴장했는지 걷는 그의 걸음걸이가 무척이나 딱딱했다.

"부지 규모를 알아서 하라는 이야기 들었어?"

"저게 대한민국 최고 부자의 스케일이구나."

"정말 대단하다. 이건 도서관 건설 비용에 대해 백지수표를 낸 거나 마찬가지잖아."

"벌써부터 도서관이 기대된다. 해외의 원서들을 잔뜩 요청해야겠어."

교수와 경성대학교 관계자들이 차준후의 도서관 기증에 대해서 이야기를 주고받았다. 이처럼 통 큰 기부는 지금껏 없었다.

"도서관은 인문대학 근처에 세워야지."

"무슨 소리! 상업대학에 만들어야죠!"

"허허허! 차준후 대표가 방문한 곳은 농과대학입니다. 도서관을 다른 곳에 짓는다는 건 잘못입니다."

"경성대학교의 상징이 될 도서관입니다. 대학교의 중간에 지어야 학생들이 이용하기 편합니다."

"그곳에는 남아 있는 부지가 너무 작잖습니까. 크게 지으려면 거기는 안 됩니다."

도서관을 어디에 세울지를 두고 경성대학교의 각 단대의 대표들이 티격태격했다. 저마다 자신들의 단대 근처에 도서관이 세워져야 한다고 목소리를 높였다.

"자! 여기에서 이럴 게 아니라 회의실에 가서 이야기합시다. 우리들의 목소리가 차준후 대표에게 들릴지 걱정되네요."

"그러죠."

"알겠습니다."

원동인이 사람들을 데리고 회의실로 향했다.

경성대학교에 대단한 호재가 벌어졌고, 이건 바로 총장인 원동인의 성과이기도 했다. 총장 연임에 대해 걱정하지 않아도 될 것 같았다.

차준후가 방문한 헌신규의 교수실에는 수많은 분재가 놓여 있었다.

"분재가 많네요."

"제가 연구하고 있는 나무들입니다. 가까이에 두고서 지켜보고 싶어서 하나둘 가져다 놓다 보니 많아졌습니다."

"이 소나무가 리기테다 소나무인가요?"

"맞습니다."

"미국에 리기테다 소나무를 심었다면서요?"

"아는 사람들이 많지 않은데 들으셨습니까? 미국 북부 탄광 지역에 심어서 결과를 보고 있습니다. 다행히 결과가 나쁘지 않다는 이야기를 받기는 했습니다."

미국 산림국은 황폐해진 탄광 지역에 헌신규가 개발한 리기테다 소나무를 심었다. 미국 원산의 소나무들보다 빠르게 성장한 리기테다 소나무는 미국 현지에서 기적의 소나무라고 칭송받는다.

"미국 북부의 척박한 환경에서 잘 자라는 리기테다 소나무는 대한민국의 황폐화된 산에도 적합합니다. 미국에서 기적의 소나무로 불리는 리기테다 소나무가 우리나라에서도 기적을 만들어 낼 겁니다."

"허허허! 기적의 소나무라? 부끄럽습니다."

미국이 원조를 삭감하려고 하자, 리기테다 소나무가 원조의 대표적인 성과로 제시되어 삭감안을 부결시키기도 한다.

세상은 아직 리기테다 소나무를 잘 몰랐지만 세월이 흐

르면 그 대단함이 잘 알려진다.

똑똑똑!

노크가 울렸다.

"교수님, 다과를 가지고 왔어요."

"들어와요."

여조교가 테이블 위에 아이스 아메리카노와 다과를 올려놓고 나갔다. 차준후의 아이스 아메리카노 사랑 이야기는 이제 전국적으로 유명했다.

"오신다고 하기에 아이스 아메리카노를 준비했습니다."

"잘 마시겠습니다."

차준후는 시원한 아이스 아메리카노를 한 모금 마시니 정신이 맑아지는 느낌이었다.

"갑작스럽게 전화를 주셔서 깜짝 놀랐습니다. 산림녹화에 대해서 상의를 하고 싶으시다고요?"

"예. 황폐한 산림을 복원하고자 하는데, 그 일에 헌신규 교수님의 도움을 받고 싶습니다."

"네? 저보다 임목 육종으로 뛰어나신 분들은 많습니다만……."

"제가 찾는 분은 단순히 실력만 뛰어난 분이 아닙니다. 대한민국의 황폐해진 산림을 복원하기 위해 진심으로 열의를 다해 노력해 주실 분이 필요합니다. 그리고 그 마음에서만큼은 대한민국에서 교수님이 최고이시리라 생각합니다."

 대한민국의 산림녹화를 향한 열의만큼은 누가 뭐라고 해도 헌신규였다. 다큐멘터리를 통해 보았던 헌신규의 노력과 헌신은 오랜 시간이 지난 지금도 뇌리에 생생했다.

 "흠!"

 헌신규의 입가에 미소가 번졌다.

 다른 사람도 아니고 대한민국에서 가장 잘나가는 사업가에게 인정을 받자 기분이 상쾌했다.

 "그리고 스스로를 낮추셨지만, 대한민국의 환경에 맞는 이태리 포플러 품종을 찾아내시는 등 교수님의 능력은 충분히 훌륭하다고 생각합니다."

 "험! 이태리 포플러는 아직 제대로 된 성과도 나오지 않았습니다만……."

 헌신규가 말꼬리를 흐렸다.

 대한민국의 환경에 맞는 이태리 포플러 품종, I-214, I-476를 찾아내서 이제 막 보급하기 시작한 터라 아직 뚜렷한 성과는 나오지 않았다.

 "걱정하지 마십시오. 이태리 포플러는 얼마 지나지 않아 대한민국을 푸르게 뒤바꿀 겁니다."

 헌신규는 눈을 휘둥그레 떴다.

 어떻게 저리 성공을 단언하듯 이야기할 수 있는 것일까.

연구 결과로 모든 것을 말하는 학자는 무엇이든 결코 예단해서는 안 됐다. 그렇지만 차준후의 목소리에는 신뢰할 수밖에 없는 묘한 힘이 실려 있었다.

"교수님이 밤잠을 줄여 가면서 연구하신 성과물이니까요. 믿고 있습니다."

차준후는 몸과 마음이 끝나는 날까지 대한민국의 산림이 울울창창해지는 걸 염원한 헌신규를 믿었다.

그가 만들어 낸 울창한 산림을 눈으로 보고 몸으로 겪었다. 보고 느꼈기에 믿었다.

헌신규가 울컥했다.

"큭! 감사합니다!"

제대로 된 성과를 내지 못했는데 이처럼 믿어 주다니, 너무 감격스러웠다.

모든 연구가 그러하지만, 임목 육종은 특히나 결과를 내기까지 많은 시간이 필요한 학문이었다.

그런데 연구 자금을 지원해 주는 정부와 대학에서는 지속적으로 성과를 닦달하고 있었다. 그 때문에 헌신규는 불면증에 시달려야만 했다.

"산림이라는 건 국토를 보전해 주고, 목재를 생산해 주며, 홍수와 가뭄을 예방하는 등 눈에 보이지 않는 많은 효과가 있지 않습니까?"

차준후가 말했다.

지금 차준후의 이야기는 헌신규가 인터뷰했던 내용이었다. 잘 기억하고 있다가 지금 토씨 하나 틀리지 않고 그대로 되풀이했다.

"맞습니다."

헌신규는 자신의 마음속에 있는 생각을 그대로 꺼내는 듯한 이야기에 빠져들었다.

산림의 가치를 차준후라는 걸출한 사업가가 알아봐 줘서 너무 좋았고, 또 생각이 일치해서 더욱 즐거웠다.

산림학의 불모지나 다름없는 대한민국이다.

나무의 가치를 알아보는 사람들이 없는 건 아니지만 진심으로 매달리는 사람은 적었다. 여러 사정이 있기는 하지만 그렇기에 아직까지 대한민국의 강산이 황폐한 것이다.

그런데 지금 차준후가 진심으로 대한민국의 산림녹화에 뛰어들려 하고 있었다.

"황폐해진 산림을 울창하게 만들기 위해서는 많은 노력이 필요합니다."

"백번 지당한 말씀입니다. 저절로 되는 것이 아니죠. 한 번 무너진 생태계를 복원하기 위해서는 각고의 노력이 필요합니다."

"전 교수님이 연구하신 리기테다 소나무와 이태리 포플러 나무 등을 전국에 식재하고 싶습니다. 산림녹화에 도움을 주십시오."

"미약하나마 한 손 거들겠습니다."

헌신규는 고민할 것도 없이 곧바로 승낙했다.

우선 마음이 통했고, 또 차준후의 지원이 결코 가볍지 않다는 걸 알았다. 통이 큰 차준후였고, 연구비와 투자에 있어 부족함을 느꼈다는 연구원 이야기를 접하지 못했다.

"연구하고 싶은 것이 있으면 마음껏 하십시오. 해외로 나가서 임목을 봐야 한다면 전세기까지 마련하겠습니다."

"그럴 필요까지는 없고, 연구비만 풍족하게 지원해 주셔도 충분합니다."

"전세기와 전용기를 가지고 있으니, 괜한 부담감을 가지지 마세요."

바잉사로부터 받은 비행기들 가운데 한 대는 스카이 포레스트의 직원과 관계자들을 위한 전용기로 활용하고 있었다.

만약 다른 중요 일정과 겹치지만 않는다면 스카이 0417도 빌려주는 것도 가능했다.

차준후라고 해도 매일같이 전용기를 타고 돌아다닐 리는 없었고, 스카이 0417은 김포공항의 격납고에 들어가 있는 날이 더 많을 수밖에 없었다.

속된 말로 먼지만 쌓이고 있었기에 좋은 일에 쓰일 수 있다면 흔쾌히 빌려줄 수 있었다.

"스카이 포레스트에 전용기가 있다는 말은 듣긴 했는

데, 그걸 제가 이용해도 괜찮은 건가요?"

헌신규가 상기된 표정으로 물었다.

그는 연구 특성상 종종 비행기를 타고 유럽이나 아프리카에 갈 일이 있었는데, SF 공항이 세워진 이후에도 아직까진 직항편이 없는 나라가 대부분이었기에 한 번 비행기를 탈 때마다 고역을 겪어야만 했다.

그런데 전용기를 빌릴 수만 있다면 환승을 하지 않아고 직항으로 날아갈 수 있게 되는데, 이건 대단한 이점이었다.

"물론이지요. 전 세계 어디를 가도 마음껏 이용하실 수 있습니다."

"그럼 염치 불구하고 부탁드리겠습니다. 사실 비행기를 환승할 때마다 불편했거든요."

헌신규는 벌써부터 화끈한 차준후의 지원에 감격하고 있었다.

그러나 전용기 지원은 아무것도 아니었다. 황폐한 대한민국을 푸르게 만들기 위한 차준후의 지원은 더욱 엄청났으니까.

* * *

차준후는 동대봉산에 와 있었다.

민둥산인 동대봉산에는 평소 사람들의 방문이 드물었다. 그렇지만 오늘따라 수많은 사람들이 모여 있었는데, 가장 많이 사람이 모여 있는 곳에 차준후가 보였다.

차준후는 산림녹화를 위해 가장 먼저 산사태가 크게 일어난 동대봉산을 방문했고, 이를 전해 들은 도지사가 달려왔고, 군사정부에서도 경찰과 군인들을 동원하였다.

"여기는 정말 황폐한 민둥산이네요."

"헐벗었다는 표현으로도 부족합니다. 사막 지대나 다름이 없네요."

풀 한 포기도 제대로 보이지 않았다.

나무가 있어야 풀이 제대로 자라는데, 나무가 없었다.

"여기는 흙이 마사토입니다. 그냥 나무를 심어서는 산태가 재발할 가능성이 높습니다."

마사토는 간단히 표현하자면 굵은 모래 같은 흙으로, 입자가 굉장히 굵어서 토양의 응집력이 약했다.

"대책이 뭡니까?"

"일반적인 방식이 아니라, 철근을 심는 콘크리트 방식으로 사방댐을 짓는다면, 산사태가 일어나서 토사가 쏟아져 내려도 막아 낼 수 있을 겁니다."

동대봉산에는 일반적인 사방 사업보다 돈이 많이 들어가는 철근 콘크리트 사방 사업이 필요했다.

"그렇게 조치하겠습니다."

차준후가 흔쾌히 말했다.

일을 하려면 깔끔하게 해야 한다.

제대로 하지 않으면 오히려 하고도 욕을 먹는다.

이런 사실을 잘 알기에 차준후는 이왕에 하는 산사태 재발 방지 사업에 돈을 아낄 생각이 없었다.

시작하지 않았으면 모를까, 돈을 쓰는 데에 있어서 인색하지 않았다.

이건 단순히 보기 좋으라고 하는 산림녹화 사업이 아니었다. 사람들의 생명이 달려 있는 일이었다.

황량한 동대봉산을 바라보면서 차준후와 헌신규가 이야기를 주고받았다.

이승민 정권 때부터 황폐한 민둥산을 개선하기 위한 산림녹화 작업에 착수했다. 식목일을 두고서 매년 나무들을 심었지만 그때뿐이었다.

"매년 식목일에 산에 나무를 심는데도 불구하고 황폐한 게 나아지지 않는군요."

UN 보고서에 의하면 대한민국의 산은 지나치게 황폐해서 도저히 개선할 방법이 없다고 기록되어 있을 정도로 상황이 심각했다.

"겨울이 되면 사람들이 산에서 벌목을 하기 바쁩니다. 겨울을 나려면 장작이 필요하니까요. 나무를 많이 심어도 소용이 없습니다."

현실적인 한계 때문에 헌신규는 너무 안타까웠다.

산림학자로서 나무를 베지 말라고 이야기하지만 현실을 무시할 수는 없었다.

전기도 들어오지 않는 가정집에서는 아궁이에 나뭇가지를 집어넣어서 밥을 해 먹었고, 겨울을 나기 위해서 장작을 쑤셔 넣었다.

초가집과 흙집은 겨울을 나기가 무척이나 열악했다. 눈보라가 치는 겨울날 장작을 피우지 않으면 동사할 수도 있는 환경이었다.

살아남으려고 산에서 불법으로 벌목을 해서 집으로 가져가는 사람들이 많았다. 먼저 산에서 나무를 해 가는 사람들이 임자였고, 또 장작은 겨울철에 현금이나 마찬가지였다. 일거리가 없는 사람들은 산에 올라서 나무를 마구잡이로 베었다.

재래시장에 가면 장작을 쌓아 놓고 판매하는 장사꾼들을 쉽게 발견할 수 있었다. 도끼 한 자루만 있으면 쉽게 나무 장사를 하는 것이 가능했다.

심는 족족 제대로 자라기도 전에 베어져서 장작으로 이용되었으니, 산에 나무를 많이 심어도 아무 소용이 없었다.

"잘 키운 나무가 삶에 도움이 된다는 걸 사람들에게 알려 줘야지요. 그러면 나무를 벌목하지 않고 키울 수 있게 될 겁니다."

"이상적인 이야기군요. 현실은 녹록지 않습니다."

차준후의 이야기에 헌신규는 회의적인 반응을 보였다. 그가 이전에 사람들에게 했던 이야기였기 때문이었다.

당장 겨울을 나고 일거리가 없는 상황에서 나무를 심어서 키우라는 말은 공염불에 불과했다.

"물론 현실을 고려해야지요. 석탄을 지원해 줘서 사람들이 겨울을 나게 만들고, 장작 사용 빈도를 줄이게 만들 계획입니다."

차준후는 나무가 자라날 수 있는 환경을 조성하기 위해 석탄을 저렴하게 보급할 작정이었다. 석탄 가격이 장작보다 저렴하면 사람들이 뒷산에서 벌목하는 건 자연스럽게 줄어들 터였다.

나무와 사람이나 잘 자라기 위해서는 환경을 조성해 줘야 했다.

"땔감 사용이 줄어들면 나무들이 뿌리 내리기 좋아지는 환경이 만들어지겠군요."

"그것만으로는 부족하죠. 그래서 산림지기들을 뽑으려고 합니다."

나무를 심는다고 해서 능사가 아니다. 심은 나무를 가꿔서 아름드리로 자라날 수 있게 도와야 한다.

"대표님은 다 계획이 있으시군요. 듣다 보니 불안감이

싹 사라집니다. 매년 봄에 심었던 나무가 겨울철 아궁이로 직행하고는 하는데, 이제는 산과 들에서 뿌리를 내리면서 잘 자라날 것 같습니다."

"그런 날이 빨리 오게 만들어야지요. 오늘 심을 나무의 품종은 뭡니까?"

"리기테다 소나무로만 준비했습니다. 심고 관리를 잘하면 빠르게 자라는 리기테다 소나무 특성 덕분에 짧은 시간 내에 녹음이 우거질 겁니다."

"여기는 소나무밭이 되겠군요."

"대표님! 준비가 모두 끝났습니다. 식재를 하시죠."

경북도지사 문수형이 차준후에게 말을 건넸다.

경북도지사면 경상북도의 행정 사무를 총괄하는 최고 책임자로, 차관급 대우를 받는 무척이나 높은 직책이었다.

그러나 문수형은 더 높은 자리를 원했고, 장관을 거쳐서 국무총리까지 올라가고 싶어 했다.

다만 바라보는 이상은 높았지만 현실은 녹록지 않았다. 그에겐 그 이상의 자리에 오를 수 있을 만한 능력도, 빽도 없었다.

그런데 뜻하지 않게 차준후와 산림녹화 작업을 함께할 수 있는 행운을 얻게 됐다.

이건 그에게 커다란 기회였다. 차준후가 진행하는 사업

이라면 결코 그 성과가 작지 않을 것이고, 이번에 커다란 성과를 낸다면 그의 꿈에 한 발짝 다가설 수 있게 될 것이었다.

"고생하셨습니다."

"고생이라니요. 도민들이 수해에서 벗어날 수 있기에 감사할 따름이지요."

문수형의 손과 얼굴에는 흙이 덕지덕지 붙어 있었다. 몸소 산림녹화 작업을 열심히 준비했다는 방증이었다.

"받으시죠."

"감사합니다."

문수형에게 삽을 건네받은 차준후였다. 첫 번째 나무 식재는 바로 차준후의 몫이었다.

"대표님, 여기를 봐주세요."

"사진 찍겠습니다. 잠시만 포즈를 취해 주시면 감사하겠습니다."

"대표님, 나무를 얼마나 심을 생각이십니까?"

사진기자들이 삽을 들고 걸어가는 차준후를 찍었다. 그러면서 인터뷰를 하나라도 따내기 위해 열심히 질문했다.

차준후는 인터뷰에 응하지 않았다.

인터뷰에 응하다 보면 작업은 시작조차 못하고 시간을 허비하게 될 것이 분명했기에 차후에 기자회견을 통해 따로 밝히는 편이 편하고 좋았다.

팍! 팍!

삽질에 능숙해진 차준후가 삽으로 땅을 팠다.

큰 나무였기에 땅을 깊게 파야 했는데, 황무지의 흙이 시원하게 파였다.

"됐습니다. 나무를 심으세요."

"어이차!"

"조심해서 심어."

땅속에 묘목을 심은 다음에 차준후가 비료와 함께 흙으로 덮으면서 구덩이를 만들었다. 그 구덩이 위에 헌신규가 물을 채워 넣었다.

그리고 준비해 온 낙엽과 풀로 덮어서 물이 증발하는 걸 막아 줬다. 이렇게 해도 날이 더웠기에 내일 다시 물을 새롭게 줘야만 했다.

사람이나 나무나 관심을 주는 만큼 더 잘 성장한다. 내버려둬도 잘 자라는 리기테다 소나무지만, 어느 정도 뿌리가 내릴 때까지 지켜보면서 관리를 해 주면 더욱 잘 자라게 할 수 있었다.

붉은색 토양의 민둥산에 한 그루 리기테다 소나무가 심어졌다.

"자! 대한민국 강산을 푸르게 하기 위해서 모두 나무를 심읍시다."

차준후의 선언과 동시에 민둥산에 소나무를 심기 위한

작업이 시작됐다.

사람들이 구슬땀을 흘리면서 나무 심기에 열심이었는데, 우려하는 사람들도 있었다.

"시켜서 소나무를 심기는 하는데, 이게 올겨울을 넘겨서 살아남을 수 있을까?"

"글쎄다. 민둥산이 된 데에는 다 이유가 있는 거잖아. 혹독한 겨울이 오면 이 소나무들을 잘라 내거나 꺾어 갈 것 같기는 해."

"이 소나무들이 제대로 크려면 적잖은 시간이 걸리잖아. 그 시간을 기다리지 못하고 잘라 내면 황폐해진 산을 되살릴 수 없어."

"에휴! 난 내년에 다시 민둥산이 되어 버린 모습을 보고서 차준후 대표가 실망할까 봐 걱정이다."

주민들은 나무를 심으면서도 추운 겨울이 찾아오면 고생해서 심은 나무들이 제대로 자라기도 전에 장작으로 베일까 우려했다.

민둥산을 되살리기 위해서는 산의 나무를 몰래 베어 내는 도벌을 근절시켜야만 했다. 그 근본적인 문제를 해결하지 않고서는 대한민국의 나무는 늘어날 수 없었다.

"쯧쯧쯧! 너희들은 차준후 대표님에 대한 믿음이 부족하구나. 어련히 대표님께서 알아서 하실까."

열심히 나무를 심고 있던 주민 한 명이 혀를 차면서 이야기했다.

"걱정돼서 하는 말이잖아."

"걱정? 대표님을 걱정하는 건 어리석은 일이다. 보란 듯이 산림을 푸르게 만드실 거다."

"어떻게?"

"나도 몰라."

"말은 잘한다."

"지켜봐라. 그러면 알게 될 거다."

차준후가 하는 일에는 다 대책이 있고, 또 생각이 있는 것이다. 그걸 염려하고 걱정하는 건 기우에 불과하였다.

벗어날 수 없는 굴레인 산림 황폐화, 이승민 정부는 10년이 넘는 세월 동안 공을 들이고도 성과를 내지 못했다.

그러나 차준후가 하면 이야기가 달라진다.

그가 하는 일에 대해 맹목적인 믿음을 가지고 있는 사람들이 많았다. 그리고 이건 군사정부도 마찬가지였다.

* * *

군사정부와 박정하는 산림녹화가 중요하다는 걸 정확하게 알고 있었다. 그렇기에 쿠데타를 벌인 다음 달에 '임산물 단속에 관한 법률'을 제정했는데, 이는 입산 금지 조치 강화가 핵심이었다.

산림과 관련된 우리나라 최초의 법률인 산림법을 제정했다. 입산 금지 조치를 통해 산의 나무를 보호하고, 나무를 심어서 산림녹화를 완성하겠다는 박정하의 계획이었다.

언제나 계획은 그럴듯하게 만들 수 있지만 현실에서 제대로 적용되지 못하고 엉망진창이 되는 법이었다. 산림법은 그 취지가 좋았지만 추운 겨울이 닥치자 곧바로 무용지물이 되어 버렸다.

1960년 초만 해도 가정용 연료에서 목재 비중이 무려 80%에 육박했다. 열 집 가운데 무려 여덟 가구가 나무 장작으로 겨울을 지낸다는 이야기였다.

산에 들어가지 말라는 이야기는 겨울에 얼어 죽으라는 것과 똑같았다. 그렇기에 사람들은 법을 어겨 가면서 산에 들어갔다.

군사정부에서 도벌을 사회 5대악으로 규정하였지만 산림녹화는 어려워 보였다.

그런데 이 순간에 차준후가 나서 줬으니, 군사정부로서는 고마울 따름이었다.

박정하는 스카이 포레스트와 정부에서 식재를 한 나무들이 무분별하게 벌목되는 일이 없도록 감시를 붙였다.

산에 심어 놓은 나무들이 사라지면 공무원들의 고과에 불이익을 줬으며, 마을 주민들에게는 배정된 새마을운동 지원 물자가 줄어들 것이라고 협박을 하여 인근 마을의 주민들과 공무원들이 자체적으로 관리할 수 있는 시스템을 만든 것이었다.

 방식은 다소 강압적이었지만, 이렇게나마 하지 않는다면 무분별한 벌목을 막기 어려운 게 현실이었다.

 대신 반대로도 마을 인근의 산이 푸르게 변하면 그만큼 고과에 반영하여 공무원들은 승진이 빨라지거나 성과급을 받기도 했고, 마을 주민들에게는 더 다양하고 많은 물자를 배급해 주기로 약속하였다.

 덕분에 박정하의 방침은 강압적이었으나 커다란 반발 없이 공무원과 주민들의 동참을 이끌어 낼 수 있었다.

 "산림녹화를 시작했다면서요. 대단합니다. 제가 그날 서독 대사와 약속만 되어 있지 않았다면 직접 현장으로 날아갔을 텐데 너무 아쉽습니다."

 박정하는 약속을 잡고 찾아온 차준후를 크게 반겼다.

 매번 불러도 오지 않던 차준후가 알아서 방문해 줬으니 기쁠 수밖에 없었다.

 "조만간 서독을 방문하신다고 들었습니다."

 박정하는 경제 개발에 막대한 돈을 쏟아부으며 텅 비어 버린 국고 문제를 해결하기 위해 서독의 도움을 구하고자 계획 중이었다.

 스카이 포레스트의 도움으로 다행히 지금까지는 수많

산림녹화 〈293〉

은 사업을 순조롭게 진행시킬 수 있었으나, 언제까지 스카이 포레스트에게 기댈 수는 없는 노릇이었다.

그 와중에 미국에서 원조를 삭감하려 할 뿐만 아니라, 더 이상 무상 원조는 어렵다며 운을 띄우고 있는 상황이었기에 다른 대책 마련이 시급했다.

그리고 서독 방문이 바로 그 대책 마련의 첫걸음이었다.

파독광부

 원 역사에서는 1964년에 박정하의 서독 방문이 이뤄지지만, 변화된 상황으로 1962년으로 앞당겨졌다.
 "방문 일정을 조율하고 있습니다. 조율을 마치고 나면 곧바로 서독으로 향할 계획입니다. 서독에서 차관을 들여오면 스카이 포레스트의 부담이 줄어들 겁니다."
 서독에 방문하면 광부와 간호사 파견 등의 현안을 논의할 예정이었다.
 이 당시 서독은 간호 인력이 부족한 상황이었고, 대한민국은 일자리가 부족한 상황이었기에 이해관계가 일치하여 민간 알선을 통해 간호사와 간호조무사들이 서독으로 파견을 나가고 있었다.
 그런데 서독이 고도성장으로 노동력 부족 현상까지 겪

게 되고, 대한민국은 외화가 시급한 상황이 되자 정식으로 간호 인력뿐만 아니라 광부 파견까지 현안으로 대두된 것이었다.

이는 신문으로도 크게 보도가 된 내용이었다.

"스카이 포레스트의 부담은 크게 신경 쓰지 마십시오. 충분히 감당할 수 있습니다. 서독에서 차관을 빌리더라도 파견 근로자들의 처우와 보수에 더욱 각별한 주의를 기울이셨으면 좋겠습니다."

독일로 간 간호사와 광부들은 그야말로 엄청난 고생을 하였다. 그들의 피와 땀으로 벌어들인 달러는 대한민국 근대화의 초석이 되었다.

파독 간호사들은 매년 대한민국으로 1천만 마르크 이상의 외화를 송금했고, 이는 대한민국의 발전에 커다란 기여를 했다.

그러나 이들의 공헌은 제대로 된 평가를 받지 못하였다. 도리어 오랜 세월 서독에서 보낸 이들은 한국인도 아니고 독일인도 아닌 이방인으로 취급받았다.

이역만리 타국에서 대한민국을 위해 희생을 한 이들에게 또다시 이런 아픔이 벌어져서는 안 됐다.

앞으로 고생할 그들의 앞날이 조금이나마 더 편안해지기를 바라는 차준후였다.

"무슨 말씀이신지 알겠습니다. 파독 근로자들의 처우

와 대우를 신경 쓰겠습니다."

"그리고 원하는 이들에겐 독일어를 공부한 뒤에 파견될 수 있도록 시스템이 구축된다면 좋겠습니다."

말도 통하지 않는 머나먼 타국에서 수년이나 고된 노동을 한다는 건 육체적으로도 정신적으로도 지나치게 힘들 수밖에 없었다.

사람의 생명을 다루는 간호사들은 한시가 시급한 상황에서 언어가 통하지 않는 탓에 고생을 해야만 했고, 마찬가지로 광부들도 위험한 채광 현장에서 의사소통이 되지 않는 상황에서 작업을 하다가 크게 다치기도 했다.

본인이 배우기 싫다면 어쩔 수 없겠지만, 원하는 이들이 있다면 기본 회화 정도는 익힌 뒤에 떠날 수 있도록 돕고자 했다.

"이러니 사람들이 차준후 대표를 좋아할 수밖에요."

박정하는 자신이 아닌 타인을 위해 고개 숙이는 차준후를 높이 평가했다.

대한민국의 권력을 잡고 있는 자신의 앞에서도 고개를 빳빳이 든 채 쓴소리를 마다하지 않는 차준후다.

그런데 아무런 관계도 없는 파독 근로자들을 위해 고개를 숙이다니.

정말 마음이 비단결처럼 고왔다.

"원하는 사람들에겐 서독으로 떠나기 전에 독일어를

배울 수 있도록 조치하겠습니다."

"서독에 요청해서 현지 관계자를 파견해 달라고 요청하는 것이 어떨까 싶습니다. 그러면 독일어를 배우면서 동시에 관련 현장 업무도 사전에 교육을 받는다면 효율적일 테니까요."

"아! 그러면 좋겠군요!"

박정하가 무릎을 치면서 좋아했다.

파독 근로자들은 업무가 숙달되지 않은 탓에 현장에서 사고를 당하는 일이 줄어들 테고, 서독은 빠르게 현장에 근로자들을 투입할 수 있게 될 테니 서로에게 이득이 되는 일이었다. 서독에서도 기꺼이 협조해줄 터였다.

"이런 건 정부에서 먼저 떠올리고 조치를 취했어야 하는 문제인데, 차준후 대표를 볼 낯이 없습니다."

박정하는 스스로를 자책했다.

외화벌이에만 급급하고, 정작 그곳에서 고생해 줄 근로자들에 대한 생각은 하지 못했음을 뒤늦게 깨닫게 된 것이었다.

그의 말에 차준후가 고개를 가로저었다.

"누구든 좋은 의견이 있다면 이야기하고, 그것을 정부가 귀담아들어 주기만 한다면 되는 일 아니겠습니까."

말은 그렇게 하긴 했지만, 사실 정부의 대처가 미흡한 것은 맞았다.

그러나 저렇게 잘못을 인정하는데 면전에 계속 면박을 줄 수도 없는 일 아닌가. 중요한 건 무엇을 잘못했는지 인식하고, 인정한 뒤에 바로잡으려고 노력하는 자세에 있었다.

바뀌려는 노력만 있다면 괜찮다고 차준후는 생각했다.

"아, 안 그래도 의장님께 드릴 이야기가 있었습니다. 산림녹화를 위해서는 가정용 연료의 해결이 수반되어야 합니다."

미안해하는 박정하를 보면서 차준후가 재빨리 화제를 바꿨다.

"음. 그렇지요."

산림법으로 불법 벌목은 조치를 취했지만, 아무런 대안도 없이 벌목만 막는다면 겨울이 찾아왔을 때 적지 않은 이들이 얼어 죽을 수 있었다.

그리고 그 대책에 대해서는 이미 정부에선 연구를 진행 중이었고, 장작을 대신할 연료로 석탄을 제시했다.

그러나 대한민국의 석탄 채굴 및 판매를 담당하고 있는 대한석탄공사는 대한민국 최고의 공기업이라는 위상을 가지고 있을 정도로 정부에서 많은 지원을 해 주고 있었지만 좀처럼 석탄 생산량을 늘리지 못하는 상황이었다.

"국제연합한국재건단의 지원 자금이 강원도 탄광에 집중 투입되고 있지만 아직 그 성과가 미비한 실정입니다."

박정하가 안타까움을 토로했다.

지원 자금이라고 해 봐야 그다지 많지도 않았다. 물론 그 적은 지원 자금도 소중했지만.

사실 박정하는 식목보다 탄광에 보다 집중했다.

식목 지원 자금에 배정된 예산 일부를 가져다가 탄광에 사용하기도 했다. 오용이라는 비판이 거셌지만, 국민들이 얼어 죽지 않도록 만들기 위해서는 장작 연료를 대체할 석탄 연료의 생산량을 반드시 늘려야 한다며 밀어붙였다.

"탄광 작업은 어떤 식으로 진행됩니까?"

"석탄을 채굴할 때 수작업으로 하고 있는 실정입니다. 곡괭이와 정, 망치를 사용하지요."

때가 어느 때인데 곡괭이로 석탄을 채굴하는 것인지…….

차준후는 정말 이 시대의 끔찍함을 또다시 알게 됐다. 이건 탄광에서 광부들의 노동력을 그야말로 갈아 가면서 사용하는 것이었다.

이 당시의 탄광은 곡괭이로 탄층을 파내면서 구멍을 내는 등 광부 인력에 의한 채탄 작업이었다. 곡괭이, 정과 망치로 작업을 하니 인력이 늘어난다고 해도 생산량의 증대는 많지 않았다.

"채굴 장비를 도입하면 생산량이 늘어나지 않겠습니까?"

차준후의 뇌리에 있는 석탄 채굴 장면은 드릴이나 유압 압착 공구인 콜픽 등과 같은 장비를 이용하는 모습이었다.

"채굴 장비가 도입되면 능률이 높아지고, 석탄을 보다 많이 채굴이 가능해집니다."

"굴착기뿐만 아니라 컨베이어를 설치해서 낙후된 탄광을 현대화하면 기존보다 생산량을 크게 늘릴 수 있습니다."

탄광마다 레일을 깔아서 석탄을 끄집어내는 것도 많은 인력과 시간이 투입되는 일이었다. 삽으로 컨베이어 퍼 담는 작업도 고되기는 하지만 탄광 차량으로 하는 것보다는 수월했다.

똑같은 인부들이 동원되어도 굴착 장비와 탄광 시설을 현대화하면 생산 능률을 크게 올릴 수 있었다.

"궤도를 갈고 석탄을 차량에 이동시키는 것보다 효율적일 수 있겠군요. 차준후 대표의 조언을 곧바로 현장에 적용시키겠습니다."

차준후의 산림녹화가 불러일으킨 변화로 인해 박정하는 이번에 정부 자금을 동원해서 탄광 현대화를 앞당길 작정이었다.

스카이 포레스트 덕분에 국고가 조금은 풍족해졌기에 가능한 일이었다.

대한민국의 산림녹화를 위해 스카이 포레스트와 정부가 두 손을 맞잡았다. 서로 밀고 당겨 주는 형국이라 시너지 효과가 좋았다.

* * *

여름 어느 날이었다.

박정하 의장이 서독을 방문했다가 SF 항공의 비행기를 타고 귀국했다. 그리고 군사정부에서는 곧바로 대대적으로 박정하의 서독 순방 치적을 홍보했다.

그 치적 가운데 하나가 바로 파독 근로자였다.

신문들의 일면에는 서독에 파견하는 간호사와 광부를 모집한다는 공고가 붙었다. 이미 대한민국과 서독 정부는 간호사와 광부 임시 고용에 대한 협정을 맺은 상태였다.

"서독에서 광부를 모집한다네. 서독에 가기만 하면 큰돈을 벌 수 있단다."

"우와! 서독으로 가며 무려 한 달에 160달러를 벌 수 있대."

"가자! 지원한다."

파독 광부는 매달 600마르크, 달러로 160달러 정도의 급여를 받을 수 있었다. 이 당시 1인당 국민소득이 80달러 정도였으니 월급 160달러는 엄청난 보수였다.

"아저씨는 나이 때문에 안 돼요."
"무슨 소리야?"
"자격 조건에 나와 있잖아요. 35세 미만이라고."
"후후후! 신체 건강한 나는 되겠구나."
"아저씨도 자격 미달이에요."
"왜?"
"병역을 마쳐야 한다고 적혀 있어요. 아저씨는 군 면제잖아요."
"아뿔싸!"
"서독에 가서 일 년만 고생하면 서울에 집을 살 수 있는 돈을 마련할 수 있어. 게다가 3년만 일하고 돌아오면 석탄 공사에 자리도 마련해 준다고 하잖아. 이건 기회야."

파독광부가 되기 위해서는 중졸 이상, 병역을 마친 남성이라는 조건이 붙었다.

파독 근로자에 대한 장밋빛 환상이 퍼졌고, 서독으로 갈 광부 367명의 모집에 수천 명이 몰렸다. 그리고 신문마다 합격자 명단을 사법고시 합격자처럼 크게 내보냈다.

"자! 광부 합격자 여러분! 탄광에서 한 달 동안 교육을 받을 겁니다. 제대로 배워야 서독에 가서 고생을 하지 않습니다."
"열심히 배우겠습니다."

서독에 파견될 광부들의 현장 교육이 강원도 탄광에서

벌어졌다. 강원도 탄광 관계자들은 파독광부들의 교육을 철저히 시켰다.

"지하 1000미터 작업장에서 무거운 작업 도구를 가지고 작업을 해야만 합니다. 지금처럼 골골거리면 서독에 가서 일할 수 있겠습니까?"

"잘하겠습니다."

"절대 실수하지 마세요. 실수하면 목숨이 위험합니다. 안전 또 안전입니다. 안전은 아무리 강조해도 모자라지 않습니다."

탄광에서는 조그마한 실수라도 커다란 사고로 이어질 수 있는 일이었고, 골절과 사망 사고가 빈번하게 벌어졌다. 아무래도 서독에 가면 한국 근로자들이 서독인들 대신 힘들고 험한 일을 도맡을 것이 뻔했다.

"거기 졸지 마세요! 지금 배우는 것이 피가 되고 살이 될 겁니다."

"죄송합니다."

"눈을 크게 뜨고 집중하세요."

"네."

파독광부들이 안전 교육과 이론 교육을 마친 다음에 현장에 투입됐다. 직접 탄광 일을 해 보면서 익숙해지라는 의미였다.

파독광부들은 탄광 일을 마치고 나오면 독일 광업회사

에서 나온 사람들에게 독일어를 배웠다. 간단한 인사와 작업을 하면서 의사소통을 할 수 있게 만드는 자리였다.

그러나 발음하기 힘든 독일어에 파독광부들이 어려워했다.

"여러분! 서독으로 가면 의사소통을 해야만 합니다. 어렵다고 외면하면 서독으로 가서 힘든 시간을 보낼 수밖에 없습니다. 원래 이런 배움의 자리가 없는데, 차준후 대표가 부탁해서 어렵게 만들어졌습니다."

"아! 차준후 대표가 우리들을 신경 써 주는구나."

"못 알아듣는다고 해서 외면할 때가 아니야. 더욱 집중해서 들어야 서독으로 가서 편안해질 수 있어."

"이 시간을 허투루 낭비할 수 없다."

몇 날 며칠 반복해서 수업을 듣자 어려웠던 독일어들이 하나둘씩 귀에 들려왔고, 간단한 의사소통을 할 수 있는 정도까지 이르렀다.

탄광의 현장 교육까지 마친 파독광부들은 서울로 올라와 독일에 대한 일반상식과 문화를 배우기 위한 교육을 받았다.

(내가 제일 잘나가는 재벌이다 19권에서 계속)

환상이 숨쉬는 공간 파피루스 blog.naver.com/gnpdl7

서생, 제갈현몽은 꿈을 꾸었다
무와 협이 아닌, 마법과 모험이 공존하는 신세계를!

『무림 속 마법사로 사는 법』

제갈세가 방계 중의 방계로서
표국의 문사로 일하던 제갈현몽

꿈에서 깸과 동시에 마법을 깨우치고
비범한 활약을 통해 명성을 떨치며
감당하기 힘든 별호를 얻게 되는데

"무후재림께서 오셨다! 무후재림 만세!"
"아…… 아아……."

세상은 영웅을 원하고, 출사표는 던져졌다
고금제일의 마법사, 제갈현몽의 행보를 주목하라!

무림속 마법사로 사는 법

김형규 신무협 장편소설